공부 잘하는 아이, 독서 잘하는 아이로 키우려면 어휘력 먼저 키워 주어야 합니다!

공부 잘하고 책 잘 읽는 똑똑한 아이들에게는 공통점이 있습니다. 바로 그 아이들이 알고 있는 단어가 많다는 것입니다. 어휘력이 좋아서 책을 잘 읽는 것은 이해가 되는데, 어휘력이 좋아야 공부도 잘한다는 것은 설명이 좀 필요할 것 같습니다. 다음 말을 읽고 곰곰이 한번 생각해 보세요.

"사람은 자신이 아는 단어의 수만큼 생각하고 표현한다."
"하나의 단어를 아는 것은 그 단어를 둘러싸고 있는 세상을 아는 것이다."

이 말에 동의한다면 왜 어휘력이 좋아야 공부를 잘하는지 알 수 있을 것입니다. 공부는 세상을 이해하고 자신을 표현하는 일련의 과정이기 때문에, 어휘력을 키우면 세상을 이해하는 능력과 사고력이 자라서 공부를 잘하는 바탕이 마련됩니다.

예를 들어 볼까요? 두 아이가 있습니다. 한 아이는 '알리다'라는 낱말만 알고, 다른 아이는 '알리다' 외에 '안내하다', '보도하다', '선포하다', '폭로하다'라는 낱말도 알고 있습니다. 첫 번째 아이는 어떤 상황이든 '알리다'라고 뭉뚱그려 생각하고 표현합니다. 하지만 두 번째 아이는 길을 알려 줄 때는 '안내하다'라는 말을, 신문이나 TV에서 알려 줄 때는 '보도하다'라는 말을, 세상에 널리 알릴 때는 '선포하다'라는 말을 씁니다. 또 남이 피해를 입을 줄 알면서 알릴 때는 '폭로하다'라고 구분해서 말하겠지요. 이렇듯 낱말을 많이 알면, 보다 정확하게 이해하고 정교하게 표현할 수 있습니다.

〈세 마리 토끼 잡는 초등 어휘〉는 아이들의 어휘력을 키워 주려고 탄생했습니다. 아이들이 낱말을 재미있고 효율적으로 배울 뿐 아니라, 낯선 낱말을 만나도 그 뜻을 유추해 내도록 이끄는 것이 〈세 마리 토끼 잡는 초등 어휘〉의 목표입니다. 공부 잘하는 아이, 독서 잘하는 아이로 키우고 싶다면, 이 글을 읽는 순간 이미 목적지에 한 발 다가선 것입니다. 〈세 마리 토끼 잡는 초등 어휘〉가 공부 잘하는 아이, 독서 잘하는 아이로 책임지고 키워 드리겠습니다.

세 마리 토끼 잡는 초등 어휘 는 어떤 책인가요?

1 한자어, 고유어, 영단어 세 마리 토끼를 잡아 어휘력을 통합적으로 키워 주는 책

〈세 마리 토끼 잡는 초등 어휘〉는 한자어와 고유어, 영단어 실력을 단단하게 만들어 주는 책입니다. 낱말 공부가 지루한 건, 낱말과 뜻을 1:1로 외우기 때문입니다. 이렇게 공부하면 낯선 낱말을 만났을 때 속뜻을 헤아리지 못해 낭패를 보지요. 〈세 마리 토끼 잡는 초등 어휘〉는 속뜻을 이해하면서 한자어를 공부하고, 이와 관련 있는 고유어와 영단어를 연결해서 공부하도록 이루어져 있습니다. 흩어져 있는 글자와 낱말들을 연결하면 보다 재미있게 공부하고 오래 기억할 수 있습니다.

2 한자가 아니라 '한자 활용 능력'을 키워 주는 책

많은 아이들이 '날 생(生)' 자는 알아도 '생명', '생계', '생산'의 뜻은 똑 부러지게 말하지 못합니다. 한자와 한자어를 따로따로 공부하기 때문이지요. 〈세 마리 토끼 잡는 초등 어휘〉는 한자를 중심으로 다양한 한자어를 공부하도록 구성하여 한자를 통해 낯설고 어려운 낱말의 속뜻도 짐작할 수 있는 '한자 활용 능력'을 키워 줍니다.

3 교과 지식과 독서·논술 실력을 키워 주는 책

〈세 마리 토끼 잡는 초등 어휘〉는 추상적인 낱말과 개념어를 잡아 주는 책입니다. 고학년이 되면 '사고방식', '민주주의' 같은 추상적인 낱말과 개념어를 자주 듣게 됩니다. 이런 어려운 낱말은 아이들의 책 읽기를 방해하고 공부에 대한 흥미를 잃게 하지요. 하지만 〈세 마리 토끼 잡는 초등 어휘〉로 공부하면 낱말과 지식을 함께 익힐 수 있어서, 교과 공부는 물론이고 독서와 논술을 위한 기초 체력도 기를 수 있습니다.

세 마리 **토**끼 잡는 초등 **어**휘 는 어떻게 이루어져 있나요?

1 전체 구성

〈세 마리 토끼 잡는 초등 어휘〉는 다섯 단계(총 18권)로 이루어져 있습니다.

단계	P단계	A단계	B단계	C단계	D단계
대상 학년	유아~초등 1년	초등 1~2년	초등 2~3년	초등 3~4년	초등 5~6년
권 수	3권	4권	4권	4권	3권

2 권 구성

〈세 마리 토끼 잡는 초등 어휘〉한 권은 내용에 따라 PART1, PART2, PART3으로 나누어져 있습니다.

PART1 핵심 한자로 배우는 기본 어휘(2주 분량)

10개의 핵심 한자를 중심으로 한자어와 고유어, 영단어를 익히는 곳입니다. 한자는 단계에 맞는 급수와 아이들이 자주 듣는 낱말이나 교과 연계성을 고려해 선별하였습니다. 한자와 낱말은 한눈에 들어오게 어휘망으로 구성하였고, 다양한 활동을 통해 낱말의 뜻을 익힐 수 있게 꾸렸습니다. 또한 교과 관련 낱말을 별도로 구성해서 교과 지식도 함께 쌓을 수 있습니다.

단계별 구성(P단계에서 D단계로 갈수록 핵심 한자와 낱말의 난이도가 높아지고, 낱말 수도 많아집니다.)

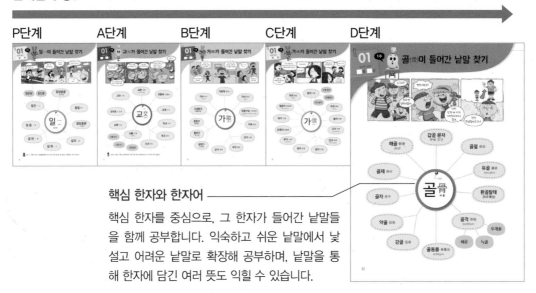

핵심 한자와 한자어

핵심 한자를 중심으로, 그 한자가 들어간 낱말들을 함께 공부합니다. 익숙하고 쉬운 낱말에서 낯설고 어려운 낱말로 확장해 공부하며, 낱말을 통해 한자에 담긴 여러 뜻도 익힐 수 있습니다.

PART 2 뜻을 비교하며 배우는 관계 어휘(1주 분량)

관계가 있는 여러 낱말들을 연결해서 공부하는 곳입니다. '輕(가벼울 경)', '重(무거울 중)' 같은 상대되는 한자나, '동물', '종교' 등 하나의 주제를 중심으로 관련 있는 낱말들을 모아서 익힐 수 있습니다.

상대어로 배우는 한자어

상대되는 한자를 중심으로 상대어들을 함께 묶어 공부합니다. 상대어를 통해 어휘 감각과 논리력을 키울 수 있습니다. ——

주제로 배우는 한자어

음식, 교통, 방송, 학교 등 하나의 주제와 관련 있는 낱말을 모아서 공부합니다.

PART 3 소리를 비교하며 배우는 확장 어휘(1주 분량)

소리가 같거나 비슷해서 헷갈리는 낱말이나, 낱말 앞뒤에 붙는 접두사·접미사를 익히는 곳입니다. 비슷한말을 비교하면서 우리말을 좀 더 바르게 쓸 수 있습니다.

헷갈리는 말 살피기

'가르치다/가리키다', '~던지/~든지'처럼 헷갈리는 말이나 흉내 내는 말을 모아 뜻과 쓰임을 비교합니다.

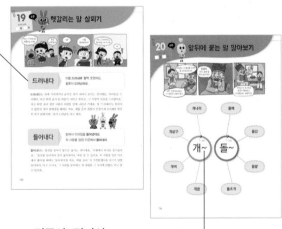

소리가 같은 말 비교하기 ——

소리가 같은 한자를 중심으로, 소리는 같지만 뜻이 다른 동음이의어를 공부합니다.

접두사·접미사 ——

'~장이/~쟁이'처럼 낱말 앞뒤에 붙어 새로운 뜻을 더하는 접두사·접미사를 배웁니다.

세 마리 토끼 잡는 초등 어휘 1일 학습은 **어떻게** 짜여 있나요?

어휘망

어휘망은 핵심 한자나 글자, 주제를 중심으로 쓰임이 많은 낱말을 모아 놓은 마인드맵입니다. 한자의 훈음과 관련 낱말들을 익히면, 한자를 이용해 낱말들의 속뜻을 짐작할 수 있습니다.

먼저 확인해 보기

미로 찾기, 십자말풀이, 색칠하기 등 다양한 활동을 하며 낱말의 뜻을 정확히 알고 있는지 확인할 수 있습니다.

익숙한 말 살피기

낱말을 아이들 눈높이에 맞춰 한자로 풀어 설명합니다. 한자와 뜻을 연결해 공부하면서 한자를 이용한 속뜻 짐작 능력을 키울 수 있습니다.

교과서 말 살피기

교과 내용을 낱말 중심으로 되짚어 봅니다. 확장된 지식과 낱말 상식 등을 함께 공부할 수 있습니다.

특별구성

★ '주제로 배우는 한자어'는 동물, 학교, 수 등 주제를 중심으로 관련 어휘를 확장해서 공부합니다.

속뜻 짐작 능력 테스트

앞에서 배운 내용을 잘 이해했는지 확인하고, 핵심 한자를
활용해 낯설거나 어려운 낱말의 뜻을 스스로 짐작해 봅니다.

어휘망 넓히기

관련 있는 영단어와 새말 등을
확장해서 공부할 수 있습니다.
QR 코드를 찍으면 영어 발음을
듣고 배울 수 있습니다.

재미있는 우리말 유래 / 이야기

재미있는 우리말 유래 / 이야기

한 주 학습을 마치면, 우리말 유래나 우리
말에 얽힌 이야기를 소개하는 재미있는 만
화가 기다리고 있습니다.

★ '헷갈리는 말 살피기'는 소리가 비슷한 낱말들을 비교할 수 있게 구성하였습니다.

세 마리 토끼 잡는 초등 어휘 이렇게 공부해요

1 매일매일 꾸준히 공부해요

〈세 마리 토끼 잡는 초등 어휘〉는 매일 6쪽씩 꾸준히 공부하는 책이에요. 재미있는 활동과 만화가 있어서 지루하지 않게 공부할 수 있지요. 공부가 끝나면 '○주 ○일 학습 끝!' 붙임 딱지를 붙이고, QR 코드를 이용해 영어 발음도 들어 보세요.

2 또 다른 낱말도 찾아보아요

하루 공부를 마치고 나면, 인터넷 사전에서 그날의 한자가 들어간 다른 낱말들을 찾아보세요. 아마 '어머, 이 한자가 이 낱말에 들어가?', '이 낱말이 이런 뜻이었구나.'라고 깨달으며 새로운 즐거움에 빠질 거예요. 새로 알게 된 낱말들로 나만의 어휘망을 만들면 더욱 도움이 될 거예요.

3 보고 또 봐요

〈세 마리 토끼 잡는 초등 어휘〉는 PART1에 나온 한자가 PART2나 PART3에도 등장해요. 보고 또 보아야 기억이 나고, 비교하고 또 비교해야 정확히 알 수 있기 때문이지요. 책을 다 본 뒤에도 심심할 때 꺼내 보며 낱말들을 내 것으로 만들어 보세요.

한 주 학습표	월	화	수	목	금	토
	매일 6쪽씩 학습하고, '○주 ○일 학습 끝!' 붙임 딱지 붙이기					주요 내용 복습하기

세마리 **토**끼 잡는 초등 어휘

D단계 2권

주	일차	단계		공부할 내용	교과 연계 내용
1주	1	PART1 (기본 어휘)		극(極)	[사회 6-2] 세계의 기후와 생활 모습 알아보기
	2			당(黨)	[사회 6-2] 우리나라의 민주 정치 알아보기
	3			형(刑)	[사회 6-1] 근대 국가 수립을 위한 노력과 민족 운동 살펴보기
	4			양(養)	[과학 6-2] 생물과 우리 생활 알아보기
	5			약(藥)	[보건 6] 약물 오남용 예방하기
2주	6			예(豫)	[사회 6-2] 우리나라의 민주 정치 알아보기
	7			난(難)	[과학 5-2] 날씨가 사람에게 미치는 영향 알아보기
	8			탐(探)	[사회 6-2] 세계를 탐험한 사람들 알아보기
	9			품(品)	[사회 5-2] 삼국 시대의 생활 모습 알아보기
	10			재(再)	[국어 4-1] 회의에서 의사 표현 방법 알아보기
3주	11	PART2 (관계 어휘)	상대어	희비(喜悲)	[국어 6-1] 문학의 갈래 알아보기 [국어 6-2] 이야기를 희곡으로 바꾸어 쓰는 방법 알아보기
	12			가부(可否)	[과학 4-2] 거울과 그림자 알아보기
	13			허실(虛實)	[사회 5-2] 유교 문화가 발달한 조선 알아보기 [사회 6-1] 조선 사회의 새로운 움직임 알기
	14		주제어	종교(宗敎)	[사회 6-2] 세계 3대 종교에 대해 알아보기 [도덕 6-2] 크고 아름다운 사랑 알기
	15			경제(經濟)	[사회 5-1] 우리 경제의 성장과 발전 알아보기 [사회 6-1] 대한민국의 발전과 오늘날의 모습 살펴보기
4주	16	PART3 (확장 어휘)	동음이의 한자	재(在/材/財)	[사회 4-1] 우리 지역의 문화유산 알아보기
	17			예(禮/例/藝)	[수학 6-2] 정비례와 반비례 알기
	18		소리가 같은 말	고사(考查/故事/枯死) 양성(兩性/養成) 검사(檢事/檢査) 기상(氣象/起床)	[국어 5-1] 상황에 알맞은 낱말 알아보기/ 낱말의 뜻을 파악하는 방법 알아보기
	19		헷갈리는 말	개발(開發)/계발(啓發) 무리(無理)/물의(物議) 화재(火災)/화제(話題)	[국어 5-1] 상황에 알맞은 낱말 알아보기/ 낱말의 뜻을 파악하는 방법 알아보기
	20		접두사/ 접미사	미(未)~	[음악 6학년] 모차르트 교향곡에 대해 알아보기

contents

자, 준비됐니?
토야와 같이
출발~!

PART 1

PART1에서는 핵심 한자를 중심으로
우리말과 영어 단어, 교과 관련 낱말 들을 공부해요.

극(極)이 들어간 낱말 찾기

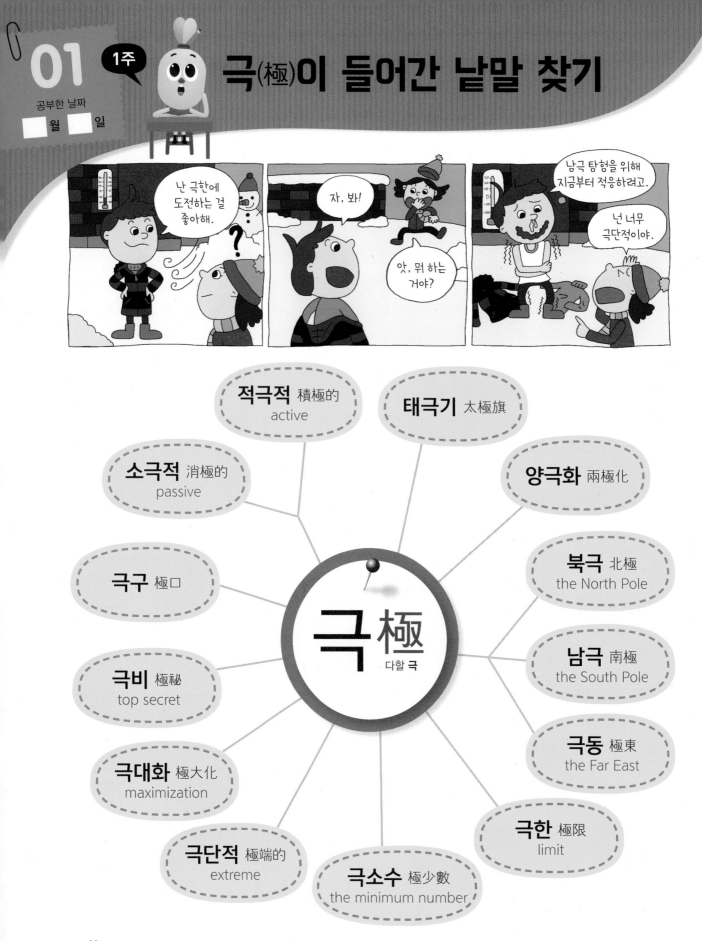

'극(極)' 자에는 소극적, 적극적처럼 '다하다'라는 뜻과 양극화처럼 '떨어지다, 멀어지다'라는 뜻, 극소수, 극단적처럼 '매우'라는 뜻이 있어요.

1 탐험가가 북극을 탐험하고 있어요. 초성 힌트를 참고해 빈칸에 알맞은 낱말을 쓰면서 베이스캠프에 도착해 보세요.

우리나라의 국기
ㅌ　ㄱ　ㄱ

어떤 일에 열심히 나서서 활동함.
ㅈ　ㄱ　ㅈ

더 이상 나아갈 수 없는 한계
ㄱ　ㅎ

절대로 알려져서는 안 되는 중요한 비밀
ㄱ　ㅂ

생각하는 것이나 행동이 한쪽으로 크게 치우쳐 어쩔 수가 없는 지경
ㄱ　ㄷ　ㅈ

아주 커짐.
ㄱ　ㄷ　ㅎ

아주 적은 수
ㄱ　ㅅ　ㅅ

서로 반대되는 쪽으로 점점 더 달라지고 멀어짐.
ㅇ　ㄱ　ㅎ

온갖 말을 다하여.
ㄱ　ㄱ

지구의 북쪽 끝
ㅂ　ㄱ

출발

도착

소극적/적극적
消(사라질 소) 極(다할 극)
的(과녁 적) 積(쌓을 적)

어떤 일에 선뜻 나서지 않고 활동적이지 못한 것을 소극적이라고 해요. 반면, 어떤 일에 자신 있게 나서서 활발하게 활동하는 것을 적극적이라고 하지요.

태극기
太(클 태) 極(다할 극) 旗(기 기)

태극기는 우리나라의 국기로 태극 문양이 있는 깃발(기 기, 旗)이라는 뜻이에요. 태극 문양은 태극기의 한가운데에 그려진 무늬로, 붉은색과 푸른색은 우주를 이루는 두 가지 기운인 양과 음을 나타내지요.

양극화
兩(두 량/양) 極(다할 극)
化(될/변화할 화)

'다할 극(極)' 자에는 '떨어지다, 멀어지다'라는 의미도 있어요. 양극화는 양쪽이 점점 더 멀어지거나 달라지게 되는 것을 뜻해요. 예를 들어 부자는 더 부유해지고 가난한 사람은 더 가난해지는 것을 '부의 양극화'라고 하지요.

북극/남극
北(북녘 북) 極(다할 극)
南(남녘 남)

지구의 북쪽 끝은 북극이고, 남쪽 끝은 남극이라고 해요. '극동'은 한국, 일본, 중국 등 동아시아를 뜻해요. 유럽인들에 의해 만들어진 말로, 유럽을 기준으로 보면 이 지역이 동쪽(동녘 동, 東) 끝이기 때문이에요.

극한
極(다할 극) 限(한정 한)

먼 거리를 달려야 하는 마라톤을 '극한 스포츠'라고 하고, 힘든 환경에서 일하는 직업을 '극한 직업'이라고 해요. 극한은 더 이상 나아갈 수 없는 한계(한정 한, 限)를 의미해요.

극소수
極(다할 극) 少(적을 소)
數(셈 수)

'적을 소(少)' 자와 '셈 수(數)' 자가 합쳐진 '소수'는 적은 수를 가리켜요. 여기에 '다할 극(極)' 자가 붙은 극소수는 소수보다 더 적은, 매우 적은 수를 의미하지요. 이때 '극(極)' 자는 '매우'라는 의미로 쓰여요.

극단적
極(다할 극) 端(바를 단)
的(과녁 적)

'바를 단(端)' 자는 '끝, 마지막'이란 뜻도 있어요. 마지막까지 다해서 더 이상 나아갈 데가 없는 것을 극단적이라고 해요. 또 한쪽으로 매우 치우치는 것을 뜻하기도 하지요. '극단적 생각', '극단적 선택'처럼 쓰여요.

극대화
極(다할 극) 大(큰 대)
化(될/변화할 화)

극대화는 무엇이 더할 수 없이(다할 극, 極) 크게(큰 대, 大) 되는(될/변화할 화, 化) 것을 뜻해요. '광고를 했더니 판매량이 극대화되었어요.'라는 말은 광고를 해서 제품이 매우 많이 팔렸다는 뜻이지요.

극비
極(다할 극) 祕(숨길 비)

'비밀'은 알려서는 안 될 사실을 뜻해요. 그중에서도 절대로 알려지지 않도록 숨겨야(숨길 비, 祕) 할 비밀을 극비라고 해요. '극비 수사', '극비 문서', '극비 사항'처럼 쓰여요.

극구
極(다할 극) 口(입 구)

극구란 온갖 말(입 구, 口)과 행동을 다하여라는 뜻이에요. 어떤 내용이나 사실을 인정하지 않는 것은 '극구 부인', 무언가를 완강하게 거절하는 것은 '극구 사양'이에요.

극지에 사는 생물

북극과 남극은 각각 지구의 북쪽 끝과 남쪽 끝이에요. 맨 끝(다할 극, 極)에 있는 땅(땅 지, 地)이라는 뜻으로 '극지'라고도 부르지요. 극지는 영하 30~40℃의 엄청난 추위와 세찬 바람 때문에 생물들이 살기 어려워요. 계절마다 조금씩 차이가 있긴 하지만 거의 일 년 내내 얼음과 눈에 덮여 있지요. 또한 몇 개월 동안 밤이나 낮이 계속되는 기상 현상이 일어나기도 해요. 하지만 이런 극지에서도 환경에 적응하며 살아가는 동식물들이 있어요. 어떤 동식물들이 극지에 살고 있는지 함께 살펴볼까요?

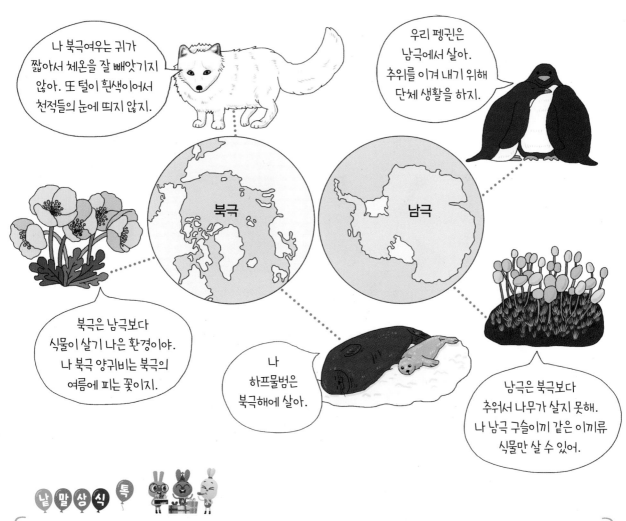

낱말상식톡

'극(極)' 자는 자석의 N극과 S극처럼 서로 반대되는 말의 앞뒤에 붙어서 잘 쓰여요. 가장 크고 가장 작음을 뜻하는 '극대'와 '극소'도 서로 반대되는 말이지요. 우리가 흔히 쓰는 표현 중에 '극과 극을 달린다.'는 말은 어떤 대상과 다른 대상이 서로 완전히 다르거나 대립될 때 써요.

1 밑줄 친 낱말의 뜻을 찾아 선으로 이어 주세요.

빈부 격차가 커지는 **양극화** 문제가 심각해.

힘든 상황이라도 **극단적**인 생각을 하면 안 돼.

그 의견에 찬성한 사람은 **극소수**였어.

극한 스포츠일수록 도전 정신이 빛나지.

생각이나 행동이 한쪽으로 매우 치우침.

아주 적은 수

더는 나아갈 수 없는 한계

서로 점점 더 달라지고 멀어짐.

2 다음 대화를 읽고, 빈칸에 알맞은 낱말을 찾아 ○ 하세요.

| 극비 | 극구 |

| 적극적 | 소극적 |

3 속뜻짐작 ( ) 안에서 알맞은 낱말을 골라 ○ 하세요.

① 장마가 끝나자 여름 모기가 (극성 / 극진)이라고 합니다.

② 지난번 연극은 관객들에게 (극찬 / 극치)을/를 받았습니다.

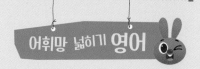

북극과 남극은 지구의 북쪽 끝과 남쪽 끝을 일컫는 말이에요.
지구의 동서남북 끝을 가리키는 영어는 무엇인지 알아볼까요?

the North Pole

pole은 '막대기, 기둥'이라는 뜻 외에 지리적인
의미로 '극'으로 쓰일 때도 있어요. the North
Pole은 '북쪽'을 뜻하는 north에 '극'을 뜻하는
pole이 합쳐진 단어로 '북극'을 가리키지요.

1주 1일
학습 끝!

붙임 딱지 붙여요.

the Far West

'극서'는 '아주 멀다'는 뜻
의 far를 붙여 Far West라
고 해요. 극서 지방은 흔히
미국 로키산맥 서쪽의 태
평양 연안을 가리켜요.

the Far East

'극동'은 우리나라, 일본,
중국 등을 비롯한 동아시
아 쪽을 말해요.

the South Pole

'남극'도 pole을 붙여 the South Pole이
라고 해요. 북극과 남극은 아주 추워서 극
한 지역이라고도 하지요.

QR 찍고 발음 듣기

당(黨)이 들어간 낱말 찾기

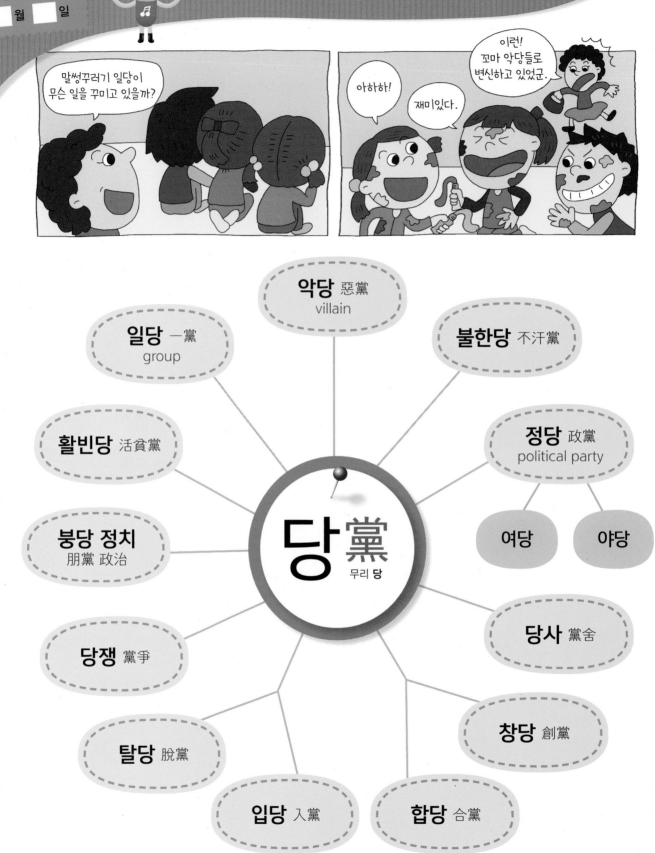

1 빈칸에 알맞은 낱말을 써서 십자말풀이를 완성해 보세요.

사람들이 모이는 것을 '무리 당(黨)' 자로 표현해.

정당에 관련된 낱말들이 많아.

가로 열쇠

① 떼를 지어 다니며 남을 괴롭히는 것을 일삼는 사람들의 무리

② 정당을 새롭게 만드는 일

③ 조선 시대에 학문이나 정치적 입장을 같이하는 양반들이 모여서 행하던 정치

④ 행동을 같이하는 한 무리

⑤ 생각이 다른 정치 집단들이 서로 권력을 잡기 위해 벌이는 싸움

세로 열쇠

① 정당의 사무실. 또는 정당이 있는 건물

② 〈홍길동전〉에 나오는, 부자들의 재물을 빼앗아 가난한 사람들을 도와주던 도적들

③ 나쁜 행동을 일삼는 악한 사람의 무리

④ 정치적 목적이 같은 사람끼리 권력을 잡기 위해 만든 단체

⑤ 속해 있던 정당에서 나가는 일

⑥ 정당끼리 서로 합치는 것

일당
一(한 일) 黨(무리 당)

같은 목적을 가지고 함께 행동하는 하나(한 일, 一)의 무리(무리 당, 黨)를 **일당**이라고 해요. 흔히 '사기꾼 일당'처럼 나쁜 행동을 하는 무리를 나타내요.

악당
惡(악할 악) 黨(무리 당)

나쁜 짓(악할 악, 惡)을 일삼는 사람이나 무리를 **악당**이라고 해요. '악당의 소굴에 들어가다.', '악당과 맞서다.'처럼 쓸 수 있어요. 비슷한말로 악독한 짓을 일삼는 사람을 뜻하는 '악한'이 있지요.

불한당
不(아니 불/부) 汗(땀 한) 黨(무리 당)

'아니 불/부(不)' 자와 '땀 한(汗)' 자가 합쳐진 '불한'은 '땀이 없다'는 뜻이에요. 일하지 않으면 땀을 흘리지 않겠지요? 스스로 일하지 않고 남을 괴롭히며 남의 것을 빼앗아 살아가는 사람들의 무리를 가리켜 **불한당**이라고 해요.

정당
政(정사 정) 黨(무리 당)

정치에 관한 생각이 같은 사람들이 자신들의 목적을 이루기 위해 만든 단체가 **정당**이에요. 정당 중에서 현재 정권을 잡고 있는 정당은 '여당', 정권을 잡지 못한 정당은 '야당'이라고 해요.

당사
黨(무리 당) 舍(집 사)

당사는 정당의 사무실 혹은 정당이 있는 건물(집 사, 舍)을 뜻해요. 정당에 속한 사람들은 주로 당사에서 일을 하지요.

창당/합당
創(비롯할 창) 黨(무리 당)
合(합할 합)

정치적인 생각이나 목적이 같은 사람들이 모여 새로운 정당을 만드는 것을 **창당**이라고 해요. 합당은 정당끼리 서로 합치는(합할 합, 合) 거예요.

입당/탈당
入(들 입) 黨(무리 당) 脫(벗을 탈)

정당에 가입하는 것을 '들 입(入)' 자를 써서 **입당**이라고 해요. 반면 자신이 속한 정당이 마음에 들지 않아서 나오는 것은 **탈당**이라고 하지요. 이때 '탈(벗을 탈, 脫)' 자는 '벗어나다'라는 의미예요.

당쟁
黨(무리 당) 爭(다툴 쟁)

당쟁은 생각이 다른 정치 집단끼리 서로 권력을 잡기 위해 벌이는 싸움(다툴 쟁, 爭)을 말해요. 역사를 살펴보면 당쟁은 정치를 혼란에 빠뜨리기도 했지만, 서로 경쟁하고 갈등을 극복하면서 나라를 더 발전시키기도 했어요.

붕당 정치
朋(벗 붕) 黨(무리 당)
政(정사 정) 治(다스릴 치)

학문이나 정치적인 뜻을 같이하는 사람들이 모인 집단을 '붕당'이라고 해요. 그리고 조선 시대에 양반들이 붕당을 만들어 나랏일을 의논하던 것을 **붕당 정치**라고 해요.

활빈당
活(살 활) 貧(가난할 빈) 黨(무리 당)

활빈당은 가난한(가난할 빈, 貧) 이들을 살리는(살 활, 活) 무리란 뜻으로, 예전에 부자의 재물을 빼앗아 가난한 사람을 도와주었어요. 고전 소설 〈홍길동전〉에도 나와요.

다양한 정당 제도

학급 회의에서 어떤 의견을 냈을 때, 그 의견에 찬성하는 친구들이 많을수록 받아들여질 가능성이 높지요? 정치도 마찬가지예요. 혼자보다 비슷하게 생각하는 사람들이 많을수록 큰 힘을 얻지요. 이렇게 정치적 의견이 비슷한 사람들이 모여 보다 큰 힘을 발휘하기 위해서 만든 단체가 '정당'이에요. 그런데 정당 제도는 나라마다 달라요. 세계 여러 나라들은 어떤 정당 제도를 가지고 있는지 살펴볼까요?

■ 정당 제도 ┬ **일당제** 북한, 중국, 베트남 등
　　　　　　 └ **복수 정당제** ┬ **양당제** 미국, 영국, 캐나다 등
　　　　　　　　　　　　　　　 └ **다당제** 대한민국, 프랑스, 이탈리아 등

1 서로 반대되는 낱말끼리 짝 짓지 않은 것을 찾아보세요. (　　　)

① 일당 – 불한당　　　　　　　② 여당 – 야당

③ 다수당 – 소수당　　　　　　④ 입당 – 탈당

2 빈칸에 들어갈 낱말을 찾아 번호를 써 보세요.

조선 시대의 [　　] 에 대해 알고 있니?

응, 그건 같은 뜻을 가진 사람들이 당을 이루어 정치를 하는 거잖아.

정당들이 각자 다른 생각을 가지고 있다고 해서 [　　] 만 해선 안 돼.

맞아. 서로 대화하며 더 좋은 방향을 찾아 나가야 해.

① 정당　　　　② 붕당 정치　　　　③ 당쟁　　　　④ 악당

3 속뜻짐작 빈칸에 들어갈 낱말을 찾아 선으로 이어 보세요.

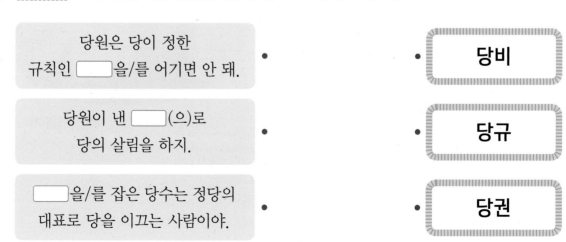

당원은 당이 정한 규칙인 [　　]을/를 어기면 안 돼.　　•

당원이 낸 [　　](으)로 당의 살림을 하지.　　•

[　　]을/를 잡은 당수는 정당의 대표로 당을 이끄는 사람이야.　　•

•　당비

•　당규

•　당권

정당은 민주주의 정치의 중심이라고 할 수 있어요.
정당에 관련된 영어 단어들을 알아볼까요?

party

party 하면 가장 먼저 '모임, 파티'라는 뜻이 떠올라요. 그런데 '정당'도 party라고 해요. '정치적인'이라는 뜻을 가진 political을 붙여 political party라고 하면 '정당'을 더 명확하게 표현할 수 있어요.

the ruling party ↔ the opposition party

'여당'은 the ruling party라고 해요. ruling은 '재배하는'이라는 의미예요. '야당'은 '반대 측'이라는 뜻을 가진 opposition을 붙여 the opposition party라고 하지요.

1주 2일
학습 끝!

붙임 딱지 붙여요.

Republican Party ↔ Democratic Party

미국은 양당제 국가로 Republican Party와 Democratic Party, 두 정당이 있어요. republican은 '공화국의, 공화주의의'라는 뜻으로, Republican Party를 '공화당'이라고 해요. democratic은 '민주주의의'라는 뜻으로, Democratic Party는 '민주당'이라고 하지요.

QR 찍고 발음 듣기

형사 刑事 detective

형법 刑法 criminal law

형사 재판 刑事 裁判

구형 求刑

감형 減刑

실형 實刑

형량 刑量

유배형 流配刑

종신형 終身刑 life sentence

형조 刑曹

서대문 형무소 西大門 刑務所

형벌 刑罰 punishment

사형 징역형 벌금형

형刑 형벌 형

먼저 확인해 보기

1 형사가 범인을 쫓고 있어요. 쪽지의 빈칸에 들어갈 낱말을 따라가면 범인을 찾을 수 있어요. 형사가 범인을 잡을 수 있게 도와주세요.

형벌
刑(형벌 형) 罰(벌할 벌)

형벌은 죄를 지은 사람에게 내리는 벌(벌할 벌, 罰)을 말해요. 형벌의 종류에는 생명을 빼앗는 '사형', 죄인을 교도소에 가두는 '징역형', 죄를 지은 만큼 돈을 내게 하는 '벌금형' 등이 있어요.

형사
刑(형벌 형) 事(일 사)

범죄를 수사하거나 범인을 잡는 경찰관을 형사라고 해요. 형사는 수사를 할 때 경찰임을 드러내지 않기 위해 경찰복 대신 사복을 입어요. 그래서 '사복 경찰'이라고 부르기도 해요.

형법
刑(형벌 형) 法(법 법)

형법은 범죄가 되는 행동과 범죄에 대한 형벌의 내용을 정한 법이에요. 형법에 따른 처벌은 국가 기관이 맡아 하지요. 한편 개인 간에 발생하는 분쟁이나 문제를 해결하기 위해 만든 법은 '민법'이라고 해요.

형사 재판
刑(형벌 형) 事(일 사)
裁(옷 마를 재) 判(판단할 판)

형사 재판은 범죄를 저지른 사람에게 벌을 주기 위해 하는 재판을 말해요. 개인 간에 발생하는 문제를 해결하기 위한 재판은 '민사 재판'이라고 해요.

구형/감형
求(구할 구) 刑(형벌 형) 減(덜 감)

형사 재판에서 검사가 죄를 저지른 사람에게 어떤 형벌을 달라고 판사에게 요구하는(구할 구, 求) 일을 구형이라고 해요. 선고받은 것보다 형량을 줄여 주는 것은 감형, 형이 선고되어 실제로 받는 벌은 '실형'이라고 해요.

형량
刑(형벌 형) 量(헤아릴 량/양)

형량은 판사가 범죄를 저지른 사람에게 내리는 형벌의 양(헤아릴 량/양, 量)을 말해요. 죄가 크면 형량도 늘어나지요. 보통 죄인이 복역해야 할 기간을 가리켜요.

유배형
流(흐를 류/유) 配(짝 배) 刑(형벌 형)

사극을 보면 죄인을 섬과 같은 먼 곳으로 쫓아내는 장면이 나오지요? 이처럼 죄인을 먼 곳으로 보내 살게 하던 벌을 유배형이라고 해요. 비슷한말로 '귀양'이 있어요.

종신형
終(마칠 종) 身(몸 신) 刑(형벌 형)

종신형은 '마칠 종(終)' 자에 '몸 신(身)' 자가 합쳐져 죽을 때까지 받는 벌이라는 뜻이에요. 기한이 없다는 뜻으로 '무기 징역'이라고도 해요. 사형 다음으로 무거운 형벌이지요.

형조
刑(형벌 형) 曹(무리 조)

고려, 조선 시대에 나랏일을 나누어 담당했던 중앙 관청을 '육조'라고 해요. 그중 형벌과 법률 등을 맡아보던 부서가 형조이지요. 오늘날 법무부와 비슷한 역할을 했어요.

서대문 형무소
西(서녘 서) 大(큰 대) 門(문 문)
刑(형벌 형) 務(힘쓸 무) 所(바 소)

'형무소'는 교도소의 옛말이고, 서대문 형무소는 일제 강점기에 독립운동을 하던 많은 열사들이 갇혔던 곳이에요. 지금은 서대문 형무소 역사관으로 바뀌어 독립 정신을 기리는 장소로 운영되고 있어요.

독립 투쟁의 현장, 서대문 형무소

서대문 형무소는 대한 제국 말기인 1908년에 일제에 의해 세워진 우리나라 최초의 근대식 감옥이에요. 처음에는 '경성 감옥'으로 불리다가 1912년에 '서대문 감옥'으로, 1923년에는 '서대문 형무소'로 이름이 바뀌었지요. 서대문 형무소를 처음 지을 당시에는 500명 정도를 수용할 수 있는 규모였어요. 하지만 3.1 운동 이후 독립운동에 참여하는 사람이 많아지면서 3,000여 명을 수용할 수 있는 시설로 크게 확장했어요. 일제는 이곳을 우리 민족을 억압하고 처벌하기 위한 장소로 이용해서 주로 독립운동가들이 갇혔지요. 유관순, 한용운, 안창호, 김구, 김좌진 등을 비롯한 수많은 애국지사들이 이곳에 투옥되어 끔찍한 고초를 겪고 목숨을 잃었어요.

〈서대문 형무소의 모습〉

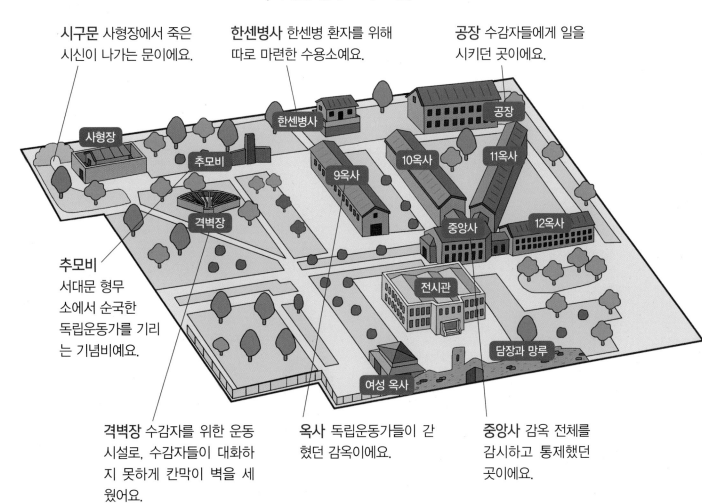

시구문 사형장에서 죽은 시신이 나가는 문이에요.

한센병사 한센병 환자를 위해 따로 마련한 수용소예요.

공장 수감자들에게 일을 시키던 곳이에요.

추모비 서대문 형무소에서 순국한 독립운동가를 기리는 기념비예요.

격벽장 수감자를 위한 운동 시설로, 수감자들이 대화하지 못하게 칸막이 벽을 세웠어요.

옥사 독립운동가들이 갇혔던 감옥이에요.

중앙사 감옥 전체를 감시하고 통제했던 곳이에요.

1 '유배형'에 있는 '형(刑)' 자가 쓰이지 않은 것을 골라 보세요. (   )

다산 초당은 정약용이 **유배형**을 받아 머물렀던 곳이에요.

① 서대문 **형무소**에서 많은 독립투사들이 숱한 고생을 하셨단다.

② **사형** 제도에 대해 한번 토론해 보자.

③ 각이 세 개인 **도형**을 무엇이라고 하지요?

④ 조선 시대에 법률을 담당했던 관아를 **형조**라고 해.

2 각 낱말의 뜻을 찾아 선으로 이어 보세요.

형법	•		•	형량을 줄여 주는 것
징역형	•		•	범죄와 형벌에 관한 법
감형	•		•	죄인을 교도소에 가두는 형벌

3 속뜻 짐작 각 (   )에 들어갈 낱말을 찾아 번호를 써 보세요.

범죄자가 지은 죄에 따라 형벌은 여러 가지로 나뉘어요. 그중에서 (   )은 죄를 지은 사람의 재산을 박탈하는 것이에요.

또 범인의 명예나 자격을 박탈하는 형벌인 (   )도 있지요.

① 자유형   ② 재산형   ③ 명예형   ④ 극형

법정에서는 재판을 통해 유죄나 무죄를 가려내요.
법정에서 쓰는 영어 단어를 알아볼까요?

court

court는 '경기장'이라는 뜻 외에 '법정'이라는 뜻으로도 쓰여요. 법정에서 근엄한 얼굴로 경청하는 '판사'는 judge예요.

sentence

'문장'이라는 뜻의 sentence는 법정에서 '형벌, 선고, 선고하다'라는 뜻으로 쓰여요. prison sentence는 '징역형'을 뜻해요.

1주 3일
학습 끝!

붙임 딱지 붙여요.

guilty, not guilty

죄가 있으면 '유죄', 죄가 없으면 '무죄'라고 해요. 영어로 '유죄의'는 guilty이고, '무죄의'는 유죄가 아니라는 뜻으로 not guilty를 써요.

ex-convict

convict는 이미 유죄 판결을 받은 '재소자'를 말해요. 여기에 '이전에'라는 뜻을 가진 ex-를 붙여 ex-convict가 되면 이전에 재소했던 사람, 즉 '전과자'를 의미해요.

QR 찍고 발음 듣기

양(養)이 들어간 낱말 찾기

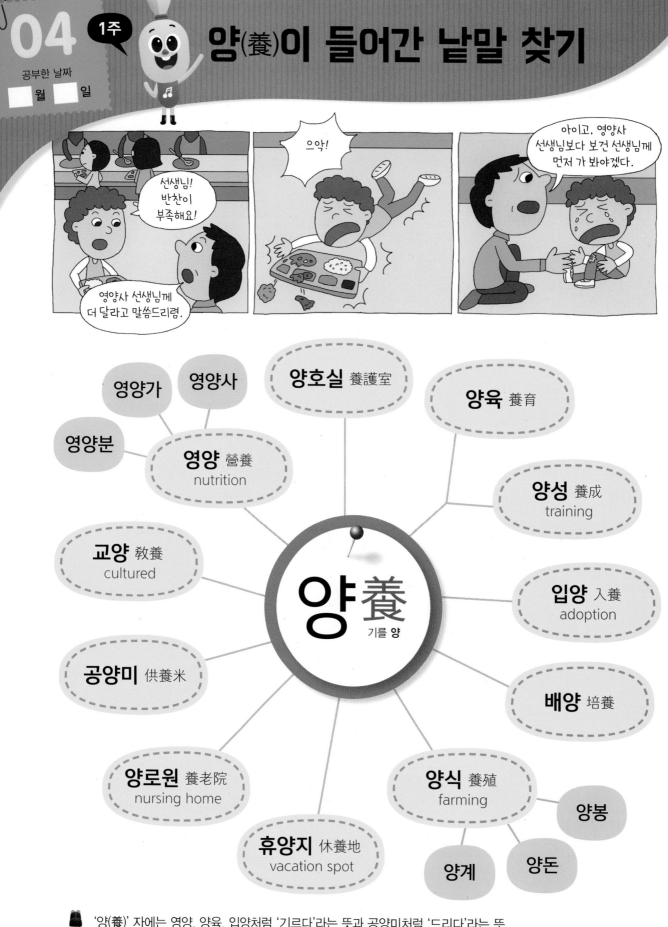

'양(養)' 자에는 영양, 양육, 입양처럼 '기르다'라는 뜻과 공양미처럼 '드리다'라는 뜻, 교양처럼 '닦다'라는 뜻이 있어요.

1 설명을 읽고, 알맞은 낱말을 찾아 선으로 이어 보세요.

문화에 대한 폭넓은 이해와 지식. 또는 사람이 갖추어야 할 예의와 품위	양성
식물을 북돋아 기름. 인격, 역량 등을 가르치고 키움.	입양
양자로 들어가거나 양자를 들이는 일	배양
실력이나 능력을 키워서 유능한 사람을 길러 냄.	교양
부처에게 바치는 쌀	공양미
생물이 살아가는 데 필요한 에너지와 몸을 구성하는 데 필요한 물질	양로원
오갈 데 없는 노인을 돌보는 시설	영양

2 (   )에 알맞은 낱말을 찾아 번호를 써 보세요.

학교에서 학생의 건강과 위생에 관한 일을 맡아보는 곳을 (   )(이)라고 해요.

경치나 환경이 좋아 편안하게 쉬면서 몸을 돌보기에 알맞은 곳을 (   )(이)라고 해요.

물고기, 굴, 미역 등을 인공적으로 기르는 것을 (   )(이)라고 해요.

① 양호실   ② 휴양지   ③ 공양미   ④ 양식

영양
營(경영할 영) 養(기를 양)

영양은 생물이 살아가는 데 필요한 에너지와 몸을 구성하는 성분, 또는 그것을 섭취해 소화, 흡수, 배설하는 과정을 뜻해요. 영양이 되는 성분은 '영양분', 영양을 관리하는 사람은 '영양사', 식품의 영양 가치는 '영양가'예요.

양호실
養(기를 양) 護(보호할 호)
室(집 실)

학교에서 다치거나 몸이 아프면 양호실로 가요. 양호실에 가면 보건 선생님께서 치료해 주시지요. 이처럼 학교나 회사 같은 곳에서, 학생이나 사원의 건강을 돌보고 위생에 관한 일을 맡아보는 곳을 양호실이라고 해요.

양육/양성
養(기를 양) 育(기를 육)
成(이룰 성)

아이가 잘 자라도록 기르고(기를 육, 育) 보살피는 것을 양육이라고 하고, 잘 가르쳐서 유능한 사람으로 만드는(이룰 성, 成) 것을 양성이라고 해요. '인재 양성', '후진 양성'처럼 써요.

입양
入(들 입) 養(기를 양)

남이 낳은 자식을 자신의 자녀로 들이는(들 입, 入) 것을 입양이라고 해요. 입양으로 자식이 된 사람은 '양자', 양자를 들인 부모는 '양부모'예요.

배양
培(북돋을 배) 養(기를 양)

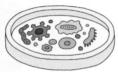

식물을 북돋아 기르거나, 동식물의 세포나 조직의 일부, 미생물 등을 인공적으로 기르는 걸 배양이라고 해요. 또 '국력 배양'처럼 인격, 능력 등을 키우는 것도 배양한다고 해요.

양식
養(기를 양) 殖(번식할 식)

양식은 물고기나 해조류 등을 인공적으로 기르는 것을 말해요. 닭(닭 계, 鷄)을 기르는 것은 '양계', 돼지(돼지 돈, 豚)를 기르는 것은 '양돈', 벌(벌 봉, 蜂)을 길러 꿀을 얻는 것은 '양봉'이라고 해요.

휴양지
休(쉴 휴) 養(기를 양) 地(땅 지)

편안히 쉬면서(쉴 휴, 休) 지치거나 병든 몸과 마음을 회복하고, 활력을 찾기에 알맞은 장소(땅 지, 地)를 휴양지라고 해요. 주로 공기가 맑고 경치가 좋은 곳이 휴양지로 꼽히지요.

양로원
養(기를 양) 老(늙을 로/노) 院(집 원)

노인(늙을 로/노, 老)을 편안하게 모시는 것을 '양로'라고 해요. 여기에 '원(집 원, 院)' 자가 합쳐진 양로원은 오갈 데 없는 노인들을 돌보는 곳을 가리켜요. 이때 '양(養)' 자는 '받들다'라는 의미예요.

공양미
供(이바지할 공) 養(기를 양)
米(쌀 미)

공양미는 공경하는 마음으로 부처나 조상에게 바치는 쌀을 말해요. 고전 소설 〈심청전〉에는 심청이 아버지를 위해 공양미 삼백 석을 받고 인당수에 뛰어드는 내용이 나오지요.

교양
敎(가르칠 교) 養(기를 양)

교양은 가르쳐(가르칠 교, 敎) 기르는 것을 뜻해요. '교양 수업', '교양 프로그램'처럼 쓰지요. 또 학식 있고 고상한 성품을 뜻하기도 해서 '교양 있다.', '교양을 쌓다.'처럼 써요.

사람과 함께 사는 동물들

사람과 최초로 함께 살기 시작한 동물은 개라고 해요. 개는 무려 1만 2,000여 년 전부터 사람과 함께 살며 사냥을 돕는 역할을 했어요. 이후 사람들은 농사를 돕기 위해 소를 길렀으며, 고기나 가죽을 얻기 위해 돼지와 양, 염소 등을 기르기 시작했지요. 이렇게 사람과 함께 살아가는 동물은 크게 반려동물과 경제 동물로 나눠요. 개나 고양이처럼 사람들과 정서적으로 교감하며 함께 사는 동물은 '반려동물'이라고 하고, 경제적 이익을 얻기 위해 기르는 동물은 '경제 동물'이라고 하지요.

반려동물

개 / 고양이 / 앵무새 / 물고기 / 햄스터 / 애완 곤충 / 거북

경제 동물

돼지 / 소 / 실험용 쥐 / 닭 / 말 / 양 / 오리

1 밑줄 친 낱말에 '양(養)' 자가 쓰이지 않은 것을 골라 보세요. (   )

① 부자와 가난한 계층의 **양극화**가 심해지고 있어요.

② 학교 **양호실**에서 치료를 받았어요.

③ **입양**을 '가슴으로 자녀를 낳는 일'이라고 표현해요.

④ 이 음식은 **영양**이 풍부해요.

2 대화에서 밑줄 친 '양식'과 같은 낱말이 쓰인 문장을 골라 보세요. (   )

아빠, 회가 정말 맛있어요. 바다에서 잡은 자연산인가요?

아니, **양식**으로 키운 물고기야.

① 이 성당은 고대 건축 **양식**을 그대로 보존하고 있어요.

② 책은 마음의 **양식**이에요.

③ 오빠는 **양식**보다 한식을 즐겨 먹어요.

④ 강원도에서 국내 최초로 연어 **양식**에 성공했어요.

3 속뜻짐작 〈심청전〉을 읽고 독후 감상문을 썼어요. 내용을 읽고, 빈칸에 알맞은 낱말을 골라 ○ 하세요.

저는 심청이가 눈이 먼 아버지를 정성을 다해 [   ]하는 것을 보고 감동받았습니다. 심청이가 아버지인 심 봉사의 눈을 뜨게 하기 위해 공양미 삼백 석에 자기 목숨을 내놓는 장면에서는 너무 슬퍼서 눈물이 나올 뻔했습니다.

| 수양 | 봉양 | 함양 | 자양 |

탄수화물, 단백질, 지방, 비타민, 무기질을 가리켜 '5대 영양소'라고 불러요.
5대 영양소를 영어로 알아보아요.

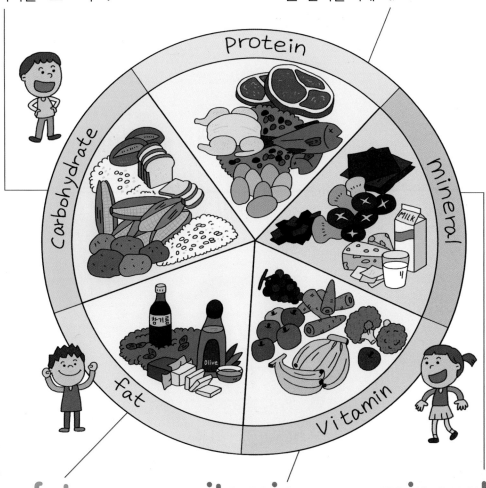

carbohydrate

'탄수화물'이에요. 탄수화물은 우리 몸의 에너지원으로 쓰여요.

protein

우리 몸의 근육과 세포, 피부 등을 만드는 '단백질'이에요.

fat

우리 몸의 체온을 유지시켜 주고 몸에 힘을 내게 해 주는 '지방'이에요. 너무 많이 섭취하면 비만이 될 수 있어요.

vitamin

우리 몸의 면역과 소화, 성장 등에 작용하는 '비타민'이에요. 부족하면 다양한 문제를 일으킬 수 있어요.

mineral

'무기질'이에요. 우리 몸의 뼈나 치아 같은 단단한 부분을 이루고 있고, 우리 몸의 생체 기능을 조절해요.

1주 4일
학습 끝!

붙임 딱지 붙여요.

QR 찍고 발음 듣기

약품

투약

약사

위장약 胃腸藥

안약 眼藥

약국 藥局
pharmacy

한약 韓藥
oriental medicine

약수터 藥水-

약草 藥草
medicinal herb

약藥
약 약
medicine

보약 補藥

독약 毒藥
poison

화약 火藥
gunpowder

사약 賜藥

치약 齒藥
toothpaste

식약처 食藥處

1 섞여 있는 글자의 순서를 바로잡아, 설명하는 낱말을 만들어 빈칸에 써 보세요.

약 처 식	수 터 약	국 약
식품, 의약품에 관한 일을 맡아보는 행정 기관	약효가 있는 샘물이 나는 곳	약을 조제해서 파는 곳

약 화	약 위 장	약 사
폭발물이나 불꽃놀이의 재료가 되는 화학 물질	위와 장에 탈이 났을 때 쓰는 약	죽을죄를 지었을 때 임금이 내리는 독약

2 (　　　)에 들어갈 낱말을 찾아 번호를 써 보세요.

한방에서 쓰는 (　　　)은/는 그 역사가 아주 오래되었어.

아무리 좋은 약도 잘못 사용하면 (　　　)이/가 될 수 있어.

우리 주변에서 흔히 볼 수 있는 풀뿌리와 나무 이파리도 (　　　)이/가 될 수 있대.

(　　　)도 이를 닦는 데 쓰는 약이니까 약국에서 사야 할까?

① 독약　　　② 치약　　　③ 약초　　　④ 한약

약국
藥(약 약) 局(판 국)

약국은 약사가 약을 조제하거나 파는 곳이에요. '약사'는 의사의 처방에 따라 약을 지어 주는 사람이지요. 병이나 상처의 치료 등을 위해 사용하는 모든 물질을 '약품', 약을 짓거나 쓰는 것을 '투약'이라고 해요.

위장약/안약
胃(밥통 위) 腸(창자 장)
藥(약 약) 眼(눈 안)

약에는 여러 종류가 있어요. 위(밥통 위, 胃)나 장(창자 장, 腸)에 탈이 나서 먹는 약은 위장약, 눈(눈 안, 眼)에 병이 났을 때 쓰는 약은 안약이라고 해요. 아픈 부위와 증상에 따라 알맞은 약을 사용해야 하지요.

한약
韓(나라 이름 한) 藥(약 약)

우리나라의 전통 의술인 한방에서 사용하는 약을 한약이라고 해요. 한약의 상대어로 서양 의술로 만든 약인 '양약'이 있지요.

보약/독약
補(기울/도울 보) 藥(약 약) 毒(독 독)

아플 때만 약을 먹는 것은 아니에요. 보약은 몸의 기운을 높이고 건강을 돕기(기울/도울 보, 補) 위해 먹는 약이에요. 반대로 건강이나 생명을 해치는 약도 있는데, 이러한 약은 '독 독(毒)' 자를 써서 독약이라고 해요.

사약
賜(줄 사) 藥(약 약)

사약은 죽을죄를 지은 왕족이나 사대부에게 임금이 내리는 (줄 사, 賜) 독약이에요. 조선 시대에는 몸을 훼손하는 것을 수치로 여겼기 때문에 몸을 보존하면서 죽게 한 것이지요.

식약처
食(먹을 식) 藥(약 약) 處(곳/살 처)

식약처는 '식품 의약품 안전처'를 줄인 말로, 식품과 의약품에 관련된 일을 맡아보는 행정 기관이에요. 먹거리와 화장품, 의약품 등 국민의 건강과 관련된 것을 조사하고 연구하며 관리하는 일을 하지요.

치약
齒(이 치) 藥(약 약)

치약은 이(이 치, 齒)를 닦는 데 쓰는 약이에요. 이를 깨끗하게 하고 입안을 상쾌하게 하는 등 치아의 건강을 돕는 약이지요. 이가 아프거나 쑤실 때는 '치통약'을 먹어야 해요.

화약
火(불 화) 藥(약 약)

화약은 열이나 충격 등의 자극을 받으면 화학 변화를 일으켜 순식간에 폭발하는 물질이에요. 그래서 무기를 만드는 데 주로 쓰여요. 또 화약은 불꽃놀이의 재료로도 사용되지요.

약초
藥(약 약) 草(풀 초)

약으로 쓰는 풀(풀 초, 草)을 약초라고 해요. 대표적인 약초로 산삼이 있지요. 또 감기에 좋은 파 뿌리, 열을 내려 주는 민들레처럼 약으로 쓰이는 풀은 모두 약초예요.

약수터
藥(약 약) 水(물 수)

먹거나 몸을 담그면 약효가 있는 샘물을 '물 수(水)' 자를 붙여 '약수'라고 해요. 약수터는 바로 약수가 나오는 곳이에요.

건강을 해치는 약물 오남용

약은 병을 치료하기 위해 먹어요. 그런데 잘못 복용하거나 지나치게 많이 복용하면 오히려 위험해질 수도 있어요. 약을 사용해 위험해지는 경우는 크게 약물 오용과 약물 남용이 있어요. '약물 오용'이란 약물을 잘못된(그릇될 오, 誤) 방법으로 쓰는(쓸 용, 用) 것을 말해요. 의사나 약사의 지시에 따라 복용해야 하는데 자신이 마음대로 판단해서 복용하는 것을 뜻하지요. '약물 남용'은 질병을 치료하기 위해서가 아니라 기분을 좋게 하는 등 다른 목적으로(넘칠 람/남, 濫) 복용하는 것을 말해요. 그럼 약물의 오남용 사례를 살펴볼까요?

약물의 오용 사례

습진이 생겨 연고를 듬뿍 발랐다.	어지러워서 엄마의 빈혈 약을 먹었다.	기침이 나서 예전에 먹다 남은 감기약을 먹었다.

★ 약은 자신의 몸에 알맞은 양만 써야 해요.	★ 약은 내 증세에 따라 처방받은 것을 먹어야 해요.	★ 약도 유통 기한을 지켜 먹어야 해요.

약물의 남용 사례

공부할 때 집중력을 높이려고 커피를 마셨다.	근력을 키우려고 운동 전에 근육 강화제를 먹었다.	이모가 살을 빼려고 식욕 억제제를 먹었다.

★ 커피의 카페인 성분은 많이 먹으면 중독될 수 있으므로 주의해요.	★ 건강 보조 식품도 정해진 양이 있으므로 지나치게 많이 먹지 않아요.	★ 식욕 억제제는 신경계를 자극하기 때문에, 여러 가지 부작용이 일어날 수 있어요.

1 빈칸에 들어갈 낱말을 찾아 선으로 이어 보세요.

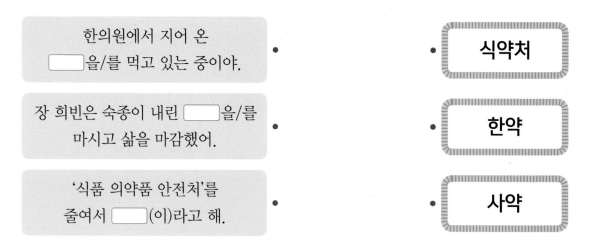

한의원에서 지어 온
☐을/를 먹고 있는 중이야. •

• 식약처

장 희빈은 숙종이 내린 ☐을/를
마시고 삶을 마감했어. •

• 한약

'식품 의약품 안전처'를
줄여서 ☐(이)라고 해. •

• 사약

2 밑줄 친 낱말 가운데 '약(藥)' 자가 쓰이지 않은 것을 찾아보세요. (　　)

① 이 좌석은 **노약자**를 위한 자리야.

② 눈이 붓고 충혈돼서 **안약**을 넣었어.

③ **약사**가 하루에 세 번씩 약을 먹어야 한다고 했어.

④ **화약**은 세계 전쟁의 역사를 크게 바꿔 놓은 발명품이야.

3 속뜻 짐작 그림을 보고, 빈칸에 들어갈 낱말을 보기 에서 찾아 써 보세요.

갑자기 배가
아프네. ☐ 중에
소화제가 있어야
할 텐데……

약을 먹었는데
낫지 않아요.

제가 처방한 약을
드시면 ☐이/가
있을 거예요.

☐ ☐ ☐　　　　☐ ☐

보기　　상비약　　약재　　약효　　소독약

약국에는 여러 가지 증상에 맞는 다양한 약이 있어요.
약의 형태에 따라 영어로 어떻게 말하는지 알아볼까요?

pharmacy
'약국'을 뜻해요. 약국에는 약사가 있고, 여러 종류의 약품이 있지요.

pharmacist
약국에서 약을 조제하고 판매하는 '약사'를 뜻해요. 약학 대학을 졸업하고, 국가에서 시행하는 시험을 거쳐 면허를 취득해야 약사가 될 수 있지요.

ointment
상처가 났을 때 바르는 '연고'를 뜻해요. salve도 같은 뜻이에요.

1주 5일
학습 끝!

붙임 딱지 붙여요.

powdered medicine
powder는 '가루', medicine은 '약품'이란 뜻으로 둘을 합치면 '가루약'을 의미해요.

pill
'알약'을 의미해요. capsule, tablet도 같은 뜻이에요.

syrup
'설탕과 물을 섞어 단맛이 나는 것'을 syrup이라고 하는데, '단맛이 나는 물약'도 그렇게 불러요. '물약'은 보통 liquid medicine이라고 하지요.

QR 찍고 발음 듣기

재미있는
우리말 이야기

1주

재산이 없어지는 '거덜'

고려와 조선 시대에 궁중의 말과 가마에 관한 일을 맡아보던 '사복시'라는 관청이 있었어요.

사복시

사복시에서 말을 돌보던 종을 '거덜'이라고 했지요.

오늘도 말을 잘 돌봐야지.

거덜은 말에게 먹이를 주고

자, 많이 먹어라!

말똥을 치우는 허드렛일도 했어요.

윽! 냄새!

뿌직

높은 사람이 말을 타고 행차할 때 큰 소리로 행차를 알렸고,

길을 비켜라! 이조 판서 행차시다.

누구라고?

사람들의 통행을 막기도 했지요.

물러서시오. 이조 판서 행차시오!

거덜: 재산이나 살림이 허물어지거나 없어지는 것을 뜻해요.

거덜은 높은 사람을 모시고 다니면서 마치 자기가 높아진 것처럼 거드름을 피우고 다녔어요.

뭘 봐?

자기가 높은 사람인 줄 착각하나 본데?

그래서 잘난 체하며 거드름 피우는 것을 '거덜거리다'라고 하게 되었지요.

거덜이 거덜거릴 때는 몸을 흔들흔들했는데, 이 모양을 빗대어

살림이 흔들거려 다 없어진 것을 '거덜 나다.'라고 했지요.

인생은 즐기는 거야! 팍팍 쓰자!

그리고 일을 망쳐서 도저히 손쓸 수 없게 되었을 때에도 '거덜 나다.'라고 해요.

힝, 완전히 거덜 났어.

1 '예'가 들어간 낱말에 대한 설명을 읽고, 빈칸에 알맞은 글자를 **보기**에서 찾아 써 보세요.

	☐	어떤 일을 하는 데 필요한 비용을 미리 셈하여 계산함. 또는 그 금액
	☐	어떤 일이 일어나기 전에 미리 느낌.
	☐	일어날 일을 예측하여 미리 알려 줌. 일기 ○○
	☐	극장표, 기차표를 비롯해 어떤 물건을 미리 값을 치르고 사 둠.
예 (豫)	☐	필요할 때 쓰려고 미리 준비해 놓음.
	☐	어떤 일을 하기로 미리 정해 놓는 것
	☐	어떤 일을 미리 약속해 두는 것
	☐ ☐	앞으로 다가올 일을 미리 내다보고 말하는 사람
	☐	미리 알림. 영화 ○○편
	☐	질병이나 사고 등이 일어나지 않게 미리 막는 일

'예(豫)' 자에는 '미리, 먼저'라는 뜻이 담겨 있어.

보기 감 고 약 방 보 정 언 자 비 산 매

예방
豫(미리 예) 防(막을 방)

예방은 어떤 일이 일어나기 전에 미리 대처해 막는(막을 방, 防) 거예요. 무엇을 예방하기 위한 교육은 '예방 교육', 병을 예방하기 위해 주사를 맞는 것은 '예방 접종', 큰일이 일어나지 않게 하는 방법은 '예방책'이지요.

예고
豫(미리 예) 告(알릴 고)

영화의 예고편을 보면 그 영화가 어떤 내용인지 짐작할 수 있어요. 이처럼 예고는 미리 알려 주는(알릴 고, 告) 것을 말해요.

예매
豫(미리 예) 買(살 매)

인기 많은 영화는 표가 금세 매진되기도 해요. 그래서 인터넷 등을 이용해 표를 미리 사기도 하지요. 이처럼 필요한 것을 미리 값을 치르고 사는(살 매, 買) 것을 예매라고 해요.

예약
豫(미리 예) 約(맺을 약)

예약은 어떤 일을 미리 약속하는(맺을 약, 約) 거예요. 이때 예약을 받는 곳(곳/살 처, 處)은 '예약처', 예약을 한 사람(사람 자, 者)은 '예약자', 예약을 한 자리(자리 석, 席)는 '예약석'이라고 해요.

일기 예보
日(날 일) 氣(기운 기)
豫(미리 예) 報(갚을/알릴 보)

앞으로 일어날 일을 헤아려서 미리 알리는 것을 '예보'라고 해요. 일기 예보는 앞으로의 날씨를 예상하여 미리 알리는 일이에요. '날씨 예보'도 같은 의미지요.

예감 / 예상
豫(미리 예) 感(느낄 감) 想(생각 상)

어떤 일이 일어나기 전에 미리 느끼는(느낄 감, 感) 것을 예감이라고 해요. '내 예상이 맞았다.'처럼 어떤 일을 당하기 전에 미리 생각해 두는 것은 예상, 미리 헤아려(헤아릴 측, 測) 짐작하는 것은 '예측'이에요.

예정
豫(미리 예) 定(정할 정)

예정은 앞으로 할 일을 미리 정하는(정할 정, 定) 것을 말해요. '개봉 예정 영화'는 앞으로 개봉할 영화를 뜻하고, '열차 도착 예정 시간'은 열차가 도착하기로 정해진 시각을 가리켜요.

예언자
豫(미리 예) 言(말씀 언)
者(사람 자)

미래에 어떤 일이 벌어질지 미리 알거나 짐작하여 하는 말(말씀 언, 言)을 '예언'이라고 해요. 여기에 '사람 자(者)' 자가 붙은 예언자는 앞일을 미리 알거나 짐작하여 말하는 사람을 가리키지요.

예비
豫(미리 예) 備(갖출 비)

여행을 갈 때는 경비 이외에 예비로 돈을 조금 더 가져가면 좋아요. 갑자기 예상하지 못한 돈이 필요하게 될지도 모르니까요. 이처럼 예비란 필요할 때 쓰기 위해 미리 갖추어(갖출 비, 備) 놓는 것을 말해요.

예산
豫(미리 예) 算(셈 산)

필요한 비용을 미리 계산하는(셈 산, 算) 것, 또는 그렇게 해서 나온 금액을 예산이라고 해요. 가정뿐 아니라 국가도 매년 필요한 예산을 계획하지요.

예산을 정하는 국회

국회는 법률을 제정하는 입법 기관이에요. 그런데 국회의 중요한 역할이 또 있어요. 바로 예산을 정하는 일이에요. 나라의 예산은 먼저 정부에서 한 해 동안 세금이 얼마나 들어올지 계산하고, 나랏일을 하기 위해 써야 할 금액을 계획하지요. 그리고 이를 정리한 예산안을 국회에 제출해요. 그러면 국회는 이 예산이 알맞게 쓰이는지 꼼꼼하게 심의하여 통과시켜요. 예산이 확정되는 것이지요. 정부는 예산이 확정되어야 필요한 곳에 나랏돈을 쓸 수 있어요.

국회 의원들이 모여 나라의 돈을 어디에 어떻게 쓸지 논의하고 있어요.

〈나라의 예산은 어디에 쓰일까?〉

국민이 낸 세금은 나라 살림을 꾸려 나가는 데 쓰여요. 국민의 건강을 지키고 각종 질병을 예방하는 일이나, 학교나 공원 같은 공공시설을 만드는 데에도 쓰이지요. 또 다른 나라의 침략을 막고 국가를 보호하는 데 쓰거나, 나라의 일을 맡아보는 공무원들의 월급과 활동비로도 쓰여요. 그럼 2017년에 우리나라는 예산을 어떻게 계획했는지 살펴볼까요?

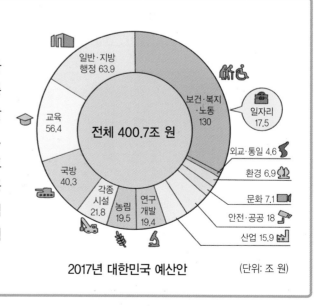

2017년 대한민국 예산안   (단위: 조 원)

일반·지방 행정 63.9
보건·복지·노동 130
일자리 17.5
교육 56.4
전체 400.7조 원
외교·통일 4.6
환경 6.9
문화 7.1
안전·공공 18
산업 15.9
국방 40.3
각종 시설 21.8
농림 19.5
연구 개발 19.4

1 다음 대화를 읽고, ( )에 들어갈 낱말을 골라 번호를 써 보세요.

 일기 ( )을/를 보니 주말에 비가 많이 온다는데요?

 어쩌죠? 캠핑장을 어렵게 ( )해 놓았는데……

 괜찮아요. 비가 올 것을 ( )해 든든히 준비해 두었거든요.

 그래도 비가 오면 밖에서 놀 수 없잖아요. 어쩐지 ( )이/가 안 좋았어요.

① 예상　　　　　② 예감　　　　　③ 예보　　　　　④ 예약

2 밑줄 친 낱말의 뜻을 찾아 선으로 이어 보세요.

사고는 **예고** 없이 찾아올 수 있으니 항상 조심해야 해.	필요할 때 쓰기 위해 미리 갖추어 놓음.
중요한 문서는 **예비**로 복사해 두는 게 좋아.	미리 알림.
전시회 표를 **예매**했는데 같이 가지 않을래?	미리 값을 치르고 사 둠.

3 속뜻 짐작　글을 읽고, 빈칸에 알맞은 낱말을 찾아 ○ 하세요.

능률 초등학교 학예회

민아네 반 친구들은 다음 날에 열리는 학예회를 위해 　 연습을 했어요.

예행

예단

예습

예선

계절마다 일기 예보에 자주 등장하는 기상 현상이 있어요.
우리나라의 계절별 기상 현상을 영어로 알아볼까요?

yellow dust

yellow는 '노란색'을, dust는 '먼지'를 말해요. yellow dust는 봄철에 기승을 부리는 '황사'를 뜻하지요.

rainy season

'장마'는 rainy season이에요. rainy는 '비가 많이 오는'이라는 뜻이고, season은 '시기'라는 뜻이지요.

2주 l일
학습 끝!

붙임 딱지 붙여요.

한파가 전국을 강타했어요.
(A cold wave hit the whole country.)

daily temperature range

하루 동안의 기온 차이인 '일교차'를 영어로는 daily temperature range라고 해요. temperature는 '온도', range는 '범위'를 뜻해요.

cold wave

겨울철에 기온이 갑자기 내려가는 현상을 '한파'라고 해요. 영어로 cold wave예요.

QR 찍고 발음 듣기

난(難)이 들어간 낱말 찾기

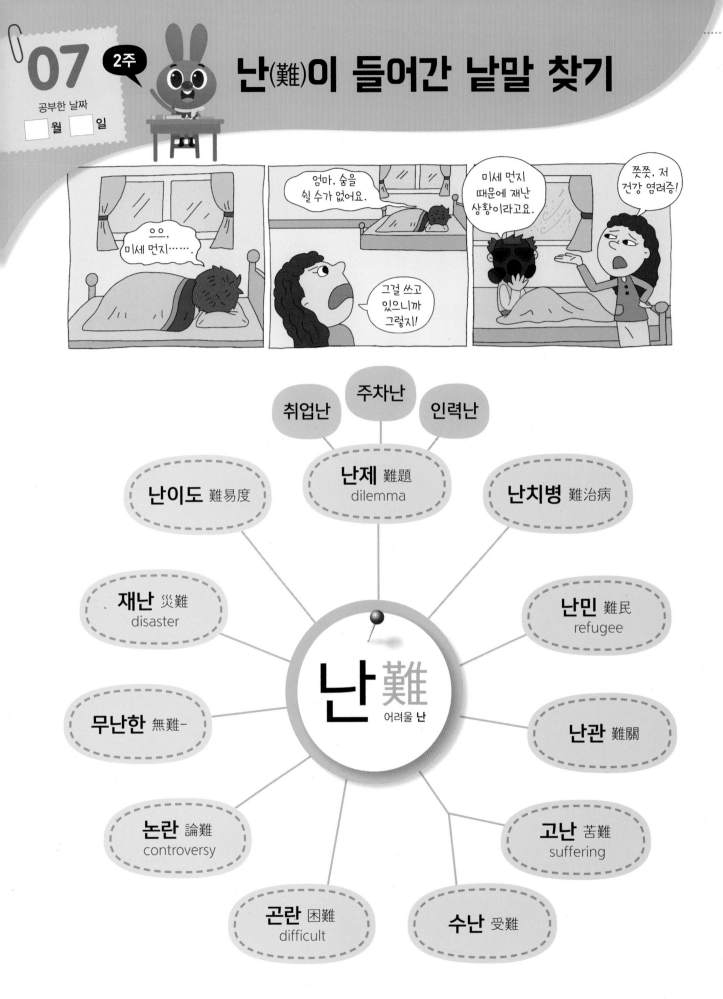

1 그림을 보고 설명하는 낱말을 찾아 ○ 하세요.

지진처럼 갑자기 생긴 불행한 일을 ☐이라고 해요.

논란　재난

일을 하면서 부딪치는 어려운 고비를 ☐이라고 해요.

난관　인력난

해결하기 어려운 문제를 ☐(이)라고 해요.

난제　수난

2 설명하는 낱말을 찾아 선으로 이어 보세요.

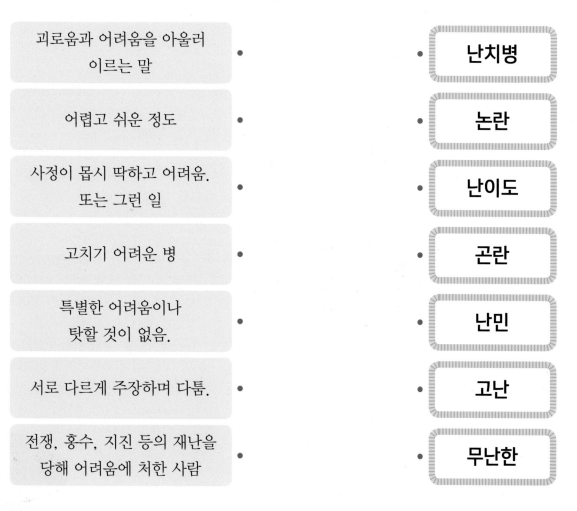

괴로움과 어려움을 아울러 이르는 말　•

어렵고 쉬운 정도　•

사정이 몹시 딱하고 어려움. 또는 그런 일　•

고치기 어려운 병　•

특별한 어려움이나 탓할 것이 없음.　•

서로 다르게 주장하며 다툼.　•

전쟁, 홍수, 지진 등의 재난을 당해 어려움에 처한 사람　•

•　난치병

•　논란

•　난이도

•　곤란

•　난민

•　고난

•　무난한

난이도
難(어려울 난) 易(쉬울 이)
度(법도 도)

난이도는 어렵고(어려울 난, 難) 쉬운(쉬울 이, 易) 정도를 뜻해요. '시험 문제의 난이도가 높다.'라고 하면, 풀기 어려운 문제가 많이 출제되었다는 뜻이지요. '고난이도'는 난이도가 아주 높은(높을 고, 高) 것을 말해요.

난제
難(어려울 난) 題(제목 제)

해결하기 어려운 사건이나 일을 **난제**라고 해요. 일자리가 부족해 취직하기 어려운 상황을 '취업난', 주차장이 부족해 주차하기 어려운 상황을 '주차난', 일할 사람이 부족해 일손을 구하기 어려운 상황을 '인력난'이라고 해요.

난치병
難(어려울 난) 治(다스릴 치)
病(병 병)

원인이 명확하지 않고 치료법이 아직 마련되지 않아 고치기(다스릴 치, 治) 어려운 병(병 병, 病)을 **난치병**이라고 해요. 한편, 고치지 못하는(아니 불/부, 不) 병은 '불치병'이라고 해요.

난민
難(어려울 난) 民(백성 민)

난민은 전쟁이나 홍수, 지진 등의 재난으로 어려움에 빠진 사람을 말해요. 정치적인 이유로 살던 곳을 떠나 다른 곳으로 가는 사람들도 '난민'이라고 해요.

난관
難(어려울 난) 關(관계할/빗장 관)

로봇을 조립하다가 어려움을 겪은 적이 있나요? 이렇게 어떤 일을 하다가 겪게 되는 어려운 상황을 **난관**이라고 해요. '난관에 부딪치다.' 등으로 쓸 수 있어요.

고난/수난
苦(괴로울 고) 難(어려울 난)
受(받을 수)

우리는 살아가는 동안 힘든 일을 겪기도 해요. 이런 괴로움(괴로울 고, 苦)과 어려움을 아울러서 **고난**이라고 하지요. '받을 수(受)' 자를 쓰는 **수난**은 견디기 힘들고 어려운 일을 당하는 것을 뜻해요.

곤란
困(곤할 곤) 難(어려울 난)

사정이 몹시 딱하고(곤할 곤, 困) 어려운 것을 **곤란**이라고 해요. 숨 쉬기 어려운 상태를 '호흡 곤란'이라고 하지요. '곤란'은 원래 '곤난'으로 써야 하지만, [골·란]으로 널리 소리 내면서 표기 자체가 '곤란'으로 바뀌었어요.

논란
論(논할 론/논) 難(어려울 난)

여럿이 다른 주장을 하며 다투는 것을 **논란**이라고 해요. 논란은 주장이 팽팽하게 맞서 쉽게 결론이 나지 않을 때 생겨요. '논란' 역시 발음에 따라 표기가 바뀐 것이에요.

무난한
無(없을 무) 難(어려울 난)

어려움이 별로 없는 일을 표현할 때 '없을 무(無)' 자를 써서 **무난한** 일이라고 해요. '시험 문제가 무난했다.', '이 옷은 나에게 무난하게 어울려.'처럼 쓸 수 있어요.

재난
災(재앙 재) 難(어려울 난)

재난은 재앙(재앙 재, 災)으로 생긴 어려움을 뜻해요. 홍수나 지진 같은 자연재해나 사고, 전염병 같은 일들을 가리키지요.

여러 가지 자연재해와 예방법

우리 주변에서는 다양한 자연재해가 발생해요. 여름철이면 태풍이나 홍수로 큰 피해를 입기도 하고, 지진으로 건물이 무너지고 사람이 다치기도 하지요. 이밖에 또 어떤 자연재해가 있으며, 어떻게 예방할 수 있는지 살펴볼까요?

자연재해	예방법
 **지진** 땅이 흔들리고 갈라지는 현상이에요. 지진은 세기에 따라 I~XII로 나뉘는데 숫자가 클수록 세기도 커요.	 • 지진에 견딜 수 있는 내진 설계를 해서 건물을 만들어요. • 지진 발생 시 대처법을 알아 두어요.
 **홍수** 비가 많이 와서 강이나 하천이 불어 흘러넘치는 현상이에요.	 • 강 주변에 둑을 쌓아 물이 주변으로 흘러넘치지 않게 해요.
 **산사태** 폭우나 지진 등으로 바위나 흙이 무너져 내리는 현상이에요.	 • 경사진 곳에 나무를 심거나 돌을 쌓아 흙이 무너져 내리지 않게 해요.

1 게시판의 글을 읽고, ( ) 안에서 알맞은 낱말을 골라 ○ 하세요.

> 여러분, 올 여름 우리 마을에 큰 홍수가 나서 극심한 (**논란** / **고난**)을 겪고 있습
> 니다. 모두가 힘든 시간을 보내고 있지만 힘을 모아서 이 (**재난** / **인력난**)을 딛
> 고 일어섭시다.

2 초성을 참고해 빈칸에 알맞은 낱말을 써 보세요.

① 이번 시험은 평소보다 | ㄴ | ㅇ | ㄷ | 가 높았어.

② 그녀는 생활에 | ㄱ | ㄹ | 을 겪고 있지만 언제나 웃음을 잃지 않아.

③ 우리 동네는 | ㅈ | ㅊ | ㄴ | 이 심각해서 차를 세울 곳이 없어.

④ 치매는 | ㄴ | ㅊ | ㅂ | 이지만 언젠가는 치료법이 나올 거야.

3 속뜻짐작 다음 대화 속에서 밑줄 친 낱말의 '난' 자와 다른 한자가 쓰인 낱말을 골라 보세요. (   )

아빠, **난민**들이 너무 불쌍해요.

전쟁을 피해 집을 떠나온 **난민**들이 안타깝구나.

① 방금 들은 노래는 멜로디는 좋은데 가사가 **난해**해요.

② 태풍 때문에 여객선 운행에 **난항**이 예상됩니다.

③ 북쪽에 **난리**가 나서 많은 사람들이 남쪽으로 길을 떠났어.

④ 추운 지역의 집은 **난방**이 잘되어 있어야 할 것 같아.

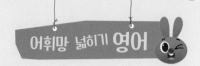

문명이 고도화된 현대 사회에서는 인간이 만든 재해, 즉 '인재'도 많이 일어나요.
어떤 인재가 일어나는지 함께 알아볼까요?

pollution

'오염'은 영어로 pollution이에요. '수질 오염'은 water pollution, '대기 오염'은 air pollution이지요. 대기가 오염되어 생기는 '산성비'는 acid rain이에요.

waste disposal

waste disposal은 '쓰레기 처리'를 뜻해요. waste는 '쓰레기, 폐기물'이라는 뜻으로 trash, rubbish로 바꾸어 쓸 수 있어요.

2주 2일
학습 끝!

붙임 딱지 붙여요.

terrorist attack

국가나 단체의 갈등으로 발생하는 테러는 '공격'을 뜻하는 attack을 써서 terrorist attack, terror attack이라고 해요. terror에 사람을 의미하는 –ist를 붙인 terrorist는 '테러범'이라는 뜻이에요.

nuclear accident

'원자력 관련 사고'를 nuclear accident라고 해요. nuclear는 '원자력의'라는 뜻 외에도 '핵(무기)의'라는 뜻이 있어요.

QR 찍고 발음 듣기

탐(探)이 들어간 낱말 찾기

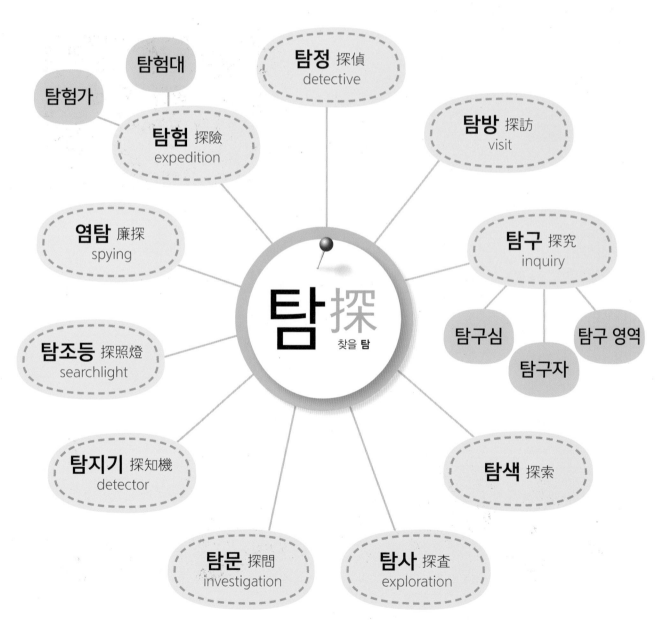

1 각 설명에 알맞은 낱말을 〈글자 판〉에서 찾아 ○ 하세요.

글자 판					
지	탐	조	등	로	집
시	험	사	로	탐	색
화	대	실	가	정	복
염	탐	방	탐	험	가
색	구	성	지	형	구
체	육	인	기	장	점

(탐, 험, 대 세로로 ○ 표시됨)

예 위험을 무릅쓰고 어떤 곳을 찾아가서 살펴보기 위해 만들어진 무리

① 모르는 일이나 사실을 조사하기 위해 어떤 장소를 찾아감.

② 아무도 몰래 다른 사람의 사정을 살피고 알아봄.

③ 숨겨진 일이나 사건을 몰래 살펴 알아내는 일을 하는 사람

④ 어떤 것을 찾아내거나 밝히기 위한 조명 기구

⑤ 위험을 무릅쓰고 어떤 곳을 찾아가서 살피고 조사하는 사람

⑥ 물건이 있는지 없는지, 어떤 사람의 말이 사실인지 아닌지 등을 알아내는 기계

⑦ 진리나 학문을 파고들어 깊이 연구함.

⑧ 드러나지 않은 물건이나 어떤 일이 일어난 이유 등을 밝히기 위해 살피어 찾음.

'탐(探)' 자는 찾는다는 뜻을 가지고 있네.

그럼 '탐험', '탐구' 같은 낱말이 들어가겠구나!

탐험
探(찾을 탐) 險(험할 험)

탐험은 사람이 가기 힘든 험한(험할 험, 險) 곳에 위험을 무릅쓰고 찾아가 살펴보고 조사하는 거예요. 전문적으로 탐험을 하는 사람은 '탐험가', 탐험하는 무리(무리 대, 隊)는 '탐험대'라고 해요.

탐정
探(찾을 탐) 偵(정탐할 정)

드러나지 않은 사실을 몰래 알아내는 일을 하는 사람을 **탐정**이라고 해요. 탐정 중에서도 사건을 해결하는 능력이 뛰어나 널리 알려진 사람을 '명탐정'이라고 해요.

탐방
探(찾을 탐) 訪(찾을 방)

탐방은 모르는 사실을 알아내기 위해 사람이나 어떤 장소를 찾아가는(찾을 방, 訪) 거예요. 역사적인 사실을 공부하거나 알아보기 위해 유적지에 가는 것은 '역사 탐방'이라고 하지요.

탐구
探(찾을 탐) 究(연구할 구)

탐구는 진리나 학문을 깊이 연구하는(연구할 구, 究) 거예요. 탐구하고자 하는 마음(마음 심, 心)은 '탐구심', 탐구하는 사람(사람 자, 者)은 '탐구자', 탐구하는 주제나 분야는 '탐구 영역'이라고 해요.

탐색
探(찾을 탐) 索(찾을 색)

드러나지 않은 것을 찾아내고(찾을 색, 索) 밝히는 일을 **탐색**이라고 해요. 스포츠 경기에서 상대방의 허점이나 상태를 살피는 것을 '탐색전을 펴다.'라고 표현하지요.

탐사
探(찾을 탐) 査(조사할 사)

탐사는 알려지지 않은 것을 조사하는(조사할 사, 査) 거예요. '동굴 탐사', '우주 탐사'와 같이 미지의 장소에 대해 조사할 때 쓰지요. 잘 알려지지 않은 사실을 조사해서 세상에 알리는 것은 '탐사 보도'라고 해요.

탐문
探(찾을 탐) 問(물을 문)

어떤 사실을 알아내기 위해 여기저기 찾아다니며 묻는(물을 문, 問) 것을 **탐문**이라고 해요. '탐문 수사'는 형사들이 사건의 실마리를 찾기 위해 사람들을 찾아다니며 묻고 조사하는 수사 방식을 말해요.

탐지기
探(찾을 탐) 知(알 지)
機(베틀/기계 기)

무엇을 찾거나 알아내는(알 지, 知) 데 쓰는 기계(베틀/기계 기, 機)를 **탐지기**라고 해요. 지뢰 탐지기, 금속 탐지기, 열 탐지기, 음파 탐지기, 거짓말 탐지기 등 여러 종류가 있지요.

탐조등
探(찾을 탐) 照(비칠 조)
燈(등잔 등)

탐조등은 어떤 것을 밝히거나 찾아내기 위해 멀리까지 빛을 비추는(비칠 조, 照) 등(등잔 등, 燈)이에요. 보통 적이 공격해 오는 것을 경계하기 위해 바다나 공중을 비추는 등을 말해요.

염탐
廉(청렴할/살필 렴/염) 探(찾을 탐)

남의 사정을 몰래 살피고 조사하는 일을 **염탐**이라고 해요. '염(廉)' 자는 주로 '청렴하다, 결백하다'라는 뜻으로 쓰이지만, 염탐에서는 '살피다'라는 뜻으로 쓰여요. 염탐하는 사람을 '염탐꾼'이라고 낮잡아 이르기도 하지요.

위대한 탐험가들

탐험은 위험을 무릅쓰고 어떤 곳을 찾아가 조사하고 살피는 것을 말해요. 탐험에는 늘 위험이 뒤따르기 때문에 탐험 도중 목숨을 잃은 사람들도 많아요. 하지만 그런 위험에도 불구하고 새로운 세상을 향해 나아간 위대한 탐험가들이 있지요. 열정과 탐험 정신으로 역사의 주인공이 된 탐험가들을 만나 볼까요?

〈왕오천축국전〉을 남긴 혜초 혜초는 신라의 승려로, 약 10년 동안 중국을 거쳐 고대 인도의 다섯 천축국에 가서 불교 유적을 순례하고, 중앙아시아 일대를 여행했어요. 이때 쓴 기행문

▲ 혜초의 〈왕오천축국전〉

이 바로 〈왕오천축국전〉으로, 8세기 무렵 인도의 정세와 지리, 풍속 등이 자세히 기록되어 있지요.

▲ 마르코 폴로의 〈동방견문록〉

〈동방견문록〉을 쓴 마르코 폴로 이탈리아의 상인이자 여행가인 마르코 폴로는 동방의 여러 나라를 여행하고, 중국에서 17년 동안 머물며 자신이 보고 겪었던 사실을 〈동방견문록〉이라는 책으로 남겼어요. 이 책을 통해 유럽 사람들은 동양에 큰 관심을 가지게 되었지요.

아메리카 대륙에 도착한 콜럼버스 이탈리아의 항해사인 콜럼버스는 지구는 둥글다고 믿어서, 서쪽으로 계속 항해하면 인도에 닿을 수 있다고 생각했어요. 1492년에 에스파냐 여왕의 도움으로 대서양을 건너는 항해를 시작한 콜럼버스는 3개월간의 항해 끝에 아메리카 대륙에 도착했지요. 콜럼버스는 도착한 곳이 인도라고 굳게 믿고는 그곳을 '서인도'라고 불렀답니다.

▲ 콜럼버스

1 ( ) 안에서 알맞은 낱말을 골라 ○ 하세요.

① 아문센은 세계 최초로 남극점에 도달한 (**탐험가** / **탐정**)이다.

② 경주 불국사를 (**탐방** / **탐문**)하기 위한 여행 일정을 세웠다.

③ 사라진 아이를 찾기 위해 경찰견까지 동원한 (**탐구** / **탐색**)이/가 시작되었다.

④ 이번 해저 (**염탐** / **탐사**)은/는 많은 과학적 성과를 가져다주었다.

⑤ 범인을 잡기 위해 형사들이 (**탐문** / **탐사**) 수사에 나섰다.

2 다음 대화를 읽고, 빈칸에 들어갈 낱말이 바르게 짝 지어진 것을 골라 보세요.

( )

① ㉮ 탐방, ㉯ 탐조등   ② ㉮ 염탐, ㉯ 탐지기

③ ㉮ 탐색, ㉯ 탐지기   ④ ㉮ 탐정, ㉯ 탐조등

3 속뜻짐작 다음 글을 읽고, 빈칸에 알맞은 낱말을 찾아 ○ 하세요.

> 몰래 적진에 들어가 적군의 상황을 ☐해 보니, 우리 군을 뒤에서 공격할 전략을 세우고 있었습니다.

정탐   탐침   탐어

60

도전과 모험을 즐기는 탐험가들에게는 꼭 필요한 도구들이 있어요.
어떤 도구들인지 영어로 알아볼까요?

telescope

telescope는 '망원경'이에요. '보는 기기'라는 뜻의 -scope 앞에 '멀리'를 뜻하는 tele-가 붙어 망원경이라는 뜻을 갖게 되었어요. 실험실에서 쓰는 '현미경'은 microscope예요.

jackknife

야외에서 쓰는 '접이식 칼'을 jackknife라고 해요. 배에서 이런 칼을 많이 사용했기 때문에 '선원'을 부르던 말인 jack staff of a ship에서 유래한 것으로 추측하지요.

**2주 3일
학습 끝!**

붙임 딱지 붙여요.

flashlight

어두운 길을 밝혀 주는 '손전등'은 미국에서만 flashlight라고 해요. 그 외에 영어권 국가에서는 torch라고 해요. flash는 '잠깐의 번쩍임'을 뜻해요. 우리가 어두운 곳에서 카메라로 사진을 찍을 때 사용하는 '카메라 플래시'를 뜻하기도 하지요.

GPS

옛날에는 미지의 세계를 탐험하려면 지도(map)와 나침반(compass)이 필요했어요. 하지만 오늘날에는 나침반보다 편리한 GPS(Global Positioning System)가 있어요. GPS는 '인공위성을 이용하여 자신의 위치를 알아낼 수 있는 시스템'을 말해요.

품(品)이 들어간 낱말 찾기

공부한 날짜
☐ 월 ☐ 일

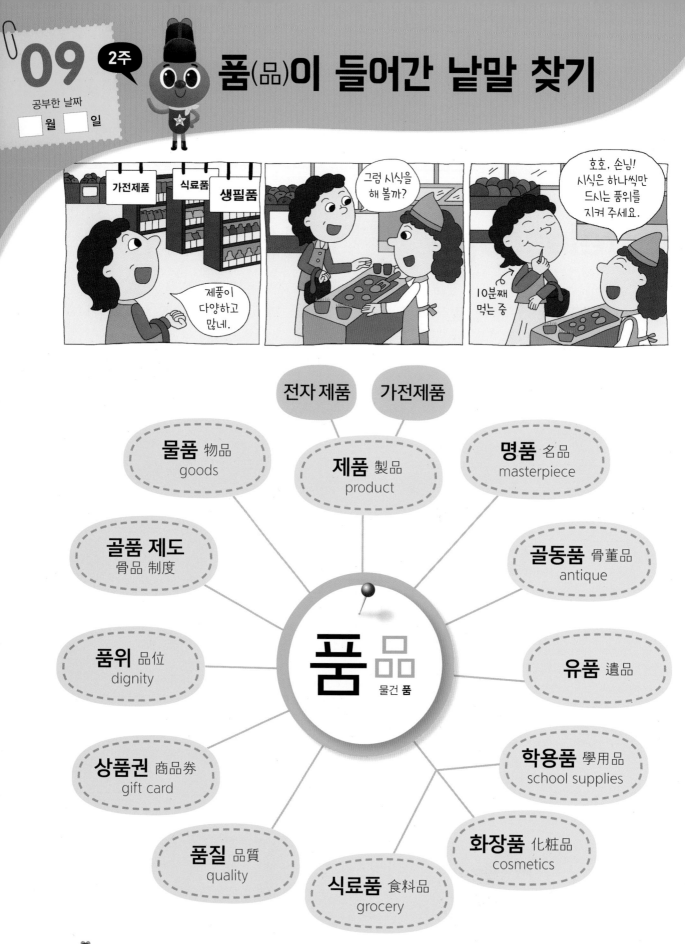

전자 제품   가전제품

물품 物品
goods

제품 製品
product

명품 名品
masterpiece

골품 제도
骨品 制度

품
品
물건 품

골동품 骨董品
antique

품위 品位
dignity

유품 遺品

상품권 商品券
gift card

학용품 學用品
school supplies

품질 品質
quality

화장품 化粧品
cosmetics

식료품 食料品
grocery

'품(品)' 자에는 물품, 제품처럼 '물건'이라는 뜻과 품위, 골품 제도처럼 '등급'이라는 뜻이 있어요.

1 설명과 초성 힌트를 참고해, 빈칸에 알맞은 낱말을 써 보세요.

텔레비전, 세탁기, 휴대 전화, 컴퓨터 등 전기를 이용해 작동하는 제품	ㅈ	ㅈ	ㅈ	ㅍ

오래되었거나 희귀한 옛 물품	ㄱ	ㄷ	ㅍ

어떤 일에 쓸 만한 값어치가 있는 물건	ㅁ	ㅍ

신라 시대에 혈통에 따라 나눈 신분 제도	ㄱ	ㅍ	ㅈ	ㄷ

2 설명하는 낱말을 보기 에서 골라 써서 끝말잇기를 완성해 보세요.

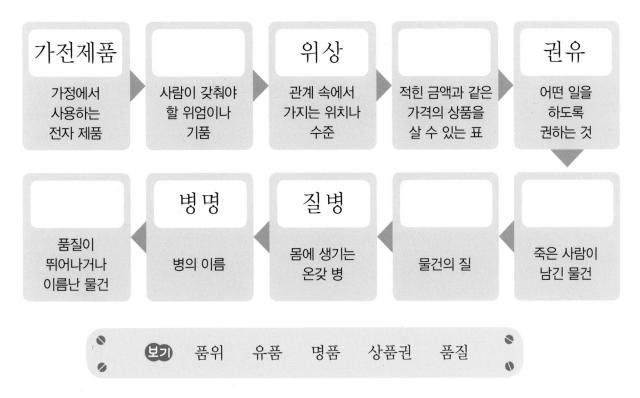

가전제품		위상		권유
가정에서 사용하는 전자 제품	사람이 갖춰야 할 위엄이나 기품	관계 속에서 가지는 위치나 수준	적힌 금액과 같은 가격의 상품을 살 수 있는 표	어떤 일을 하도록 권하는 것

	병명	질병		
품질이 뛰어나거나 이름난 물건	병의 이름	몸에 생기는 온갖 병	물건의 질	죽은 사람이 남긴 물건

보기 　품위　 유품　 명품　 상품권　 품질

물품
物(물건 물) 品(물건 품)

물품은 어떤 것에 사용하기 위해 만든 쓸모가 있는 모든 물건을 뜻해요. 책상, 컴퓨터, 인형 등 우리 주변에 있는 모든 것들이 물품이에요.

제품
製(지을 제) 물건 品(품)

제품은 어떠한 재료를 이용해서 만든(지을 제, 製) 물건을 말해요. 컴퓨터, 휴대 전화처럼 전기를 이용하는 것은 '전자 제품', 냉장고, 세탁기와 같이 주로 가정에서 사용하는 전자 제품은 '가전제품'이라고 하지요.

명품
名(이름 명) 品(물건 품)

명품은 '이름 명(名)' 자가 앞에 붙어서 뛰어나거나 이름난 물건을 뜻해요. 물건을 가리킬 때뿐 아니라 매우 뛰어나다는 뜻으로도 사용되어, 노래를 잘하는 가수를 '명품 가수'라고 부르기도 하지요.

골동품
骨(뼈 골) 董(감독할 동) 品(물건 품)

골동품은 오래되고 희귀한 옛 물건을 가리켜요. 또 시대에 맞지 않아 쓸모없는 낡은 물건이나, 시대에 뒤떨어지는 사람을 비유적으로 일컫기도 하지요.

유품
遺(남길 유) 品(물건 품)

유품은 죽은 사람이 살아 있을 때 사용하다가 남긴(남길 유, 遺) 물건을 의미해요. 할머니가 자주 사용하시는 물건은 할머니가 돌아가시면 유품이 되지요.

학용품/화장품
學(배울 학) 用(쓸 용) 品(물건 품)
化(될/변화할 화) 粧(단장할 장)

학용품은 공책, 연필처럼 학습하는(배울 학, 學) 데 사용하는(쓸 용, 用) 물건이에요. **화장품**은 로션, 크림처럼 화장하는 데 사용하는 물건이고, '식료품'은 채소, 고기처럼 음식의 재료가 되는 물건이지요.

품질
品(물건 품) 質(바탕 질)

품질은 물건의 성질과 바탕을 뜻해요. '품질이 좋다.'라고 하면 제품의 상태와 기능이 뛰어나다는 것이고, '품질이 나쁘다.'라고 하면 제품의 상태나 기능이 좋지 않다는 뜻이지요.

상품권
商(장사 상) 品(물건 품) 券(문서 권)

상품권은 돈을 대신하여 상품을 구매할 수 있는 문서나 표예요. 백화점이나 대형 마트 등에서 상품권에 적혀 있는 액수만큼 물건을 살 수 있지요.

품위
品(물건 품) 位(자리 위)

품위는 관직의 등급과 직위를 아울러 이르는 말이에요. 이때 '품(品)' 자는 '등급'을 의미해요. 또 품위는 사람이 갖추어야 할 위엄이나 기품을 뜻하기도 해서 '품위 있는 행동', '품위를 잃다.'처럼 쓰지요.

골품 제도
骨(뼈 골) 品(물건 품)
制(절제할/만들 제) 度(법도 도)

골품 제도는 신라의 신분 제도로, 혈통에 따라 왕족과 귀족, 평민의 등급을 세밀하게 나누었어요. 또 신분에 따라 집의 크기나 입을 수 있는 옷 등을 정해 주었어요.

신라의 골품 제도

신라의 신분 제도인 '골품 제도'는 왕족을 대상으로 한 '골제'와 일반 귀족과 백성을 대상으로 한 '두품제'를 합쳐 부르는 말이에요. 골제는 왕족을 '성골'과 '진골'로 나눈 것이고, 두품제는 귀족과 백성을 여섯 개의 두품으로 나눈 것이지요.

가장 높은 신분인 '성골'은 아버지와 어머니 모두가 왕족이어서 왕이 될 수 있는 신분이었고, '진골'은 부모 중 한쪽이 왕족인 신분이었어요. 두품제에는 모두 여섯 개의 두품이 있었는데, 6~4두품은 귀족으로 관직에 오를 수 있고, 나머지 3~1두품은 일반 백성들이었어요. 신라 사람들은 골품 제도에 따라 생활 모습이 결정되었어요. 같은 귀족 신분이라도 두품에 따라 오를 수 있는 관직이 정해져 있었고, 집의 크기나 옷의 색깔, 장신구 등까지도 차별을 받았어요. 이처럼 엄격한 골품 제도는 훗날 신라를 멸망하게 만든 원인 중 하나가 되었지요.

〈골품 제도에 따른 생활의 차이〉

① 금이나 은그릇은 오직 성골과 진골만 사용할 수 있었어요.

② 신분에 따라 집과 수레의 크기도 달랐어요.

③ 입을 수 있는 옷은 물론 옷 색깔도 정해져 있었어요.

④ 관직에 나가도 올라갈 수 있는 등급이 정해져 있었어요.

⑤ 결혼은 같은 신분끼리만 할 수 있었어요.

⑥ 신분이 대대로 이어졌고 쉽게 바뀌지 않았어요.

1 밑줄 친 낱말의 뜻을 찾아 선으로 이어 보세요.

우리 집엔 옛날부터 전해져 내려오는 **골동품**이 많이 있어. •

값비싼 옷을 입는다고 **품위**가 느껴지는 건 아니야. •

이 반지는 외할머니께서 남기신 **유품**이야. •

• 죽은 사람이 생전에 사용하다 남긴 물건

• 오래되었거나 희귀한 옛 물품

• 사람이 갖추어야 할 위엄이나 기품

2 대화를 읽고, (   )에 들어갈 낱말을 찾아 번호를 써 보세요.

 그 전자 (   )을 드디어 샀구나?

 응. 매장을 몇 군데나 돌아보고 겨우 샀어.

 성능은 어때?

 사용해 봤는데 (   )이 정말 좋아.

① 제품   ② 상품권   ③ 품질   ④ 명품

3 사진을 보고, (   ) 안에서 알맞은 낱말을 골라 ○ 하세요.

이번 계절에 새로 나온 (신상품 / 소모품)인가 봐.

(반품 / 폐품)을 재활용해서 재미있는 장난감을 만들었어.

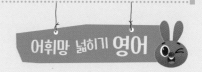

우리는 날마다 많은 제품을 사용해요.
일상생활에서 많이 쓰는 제품들을 영어로 알아볼까요?

school supplies

'학교'를 뜻하는 school 뒤에 '물품'을 의미하는 supplies를 붙이면 '학용품'이 돼요. school 대신 '의료의'라는 뜻의 medical을 쓰면 '의약품'이 되고, '사무실'을 뜻하는 office를 쓰면 '사무용품'이 되지요.

groceries

'식품'을 뜻하는 food보다 넓은 의미를 가진 grocery는 '식료품'을 나타내요.

2주 4일
학습 끝!

붙임 딱지 붙여요.

clothing

clothing은 '의류'를 가리켜요. '아동 의류'는 아동(children)이라는 단어를 넣어 children's clothing, '남성 의류'는 men's clothing이라고 하지요.

accessories

accessories는 옷차림을 더욱 돋보이게 해 주는 목걸이, 반지 등 '장신구'예요.

footwear

footwear는 '신발'을 가리키는 말이에요. 보통 '신발'이나 '구두'는 shoes를 사용하지만 보다 넓은 의미로 발에 신는 것을 나타낼 때 footwear를 써요.

QR 찍고 발음 듣기

재(再)가 들어간 낱말 찾기

재수생 再修生

재작년 再昨年 the year before last

재혼 再婚 remarriage

재청 再請

재임 再任 re-elected

재결합 再結合

재 再
두 재

재방송 再放送 rerun

재활용

재생 再生

재활 再活

재개발

재개 再開

재건축

재발 再發

재현 再現

'재(再)' 자에는 재작년처럼 '두 번'이라는 뜻과 재수생, 재발, 재생처럼 '다시'라는 뜻이 있어요.

1 밑줄 친 부분에서 필요한 글자만 골라 문장에 어울리는 낱말을 만들어 빈칸에 써
보세요.

❀
오빠는 올해 다시
대학 입시 공부를 하고
있는 **수생재산**(이)야.

☐ ☐ ☐

❀
이혼하고 혼자 사시던
이모가 좋은 분을 만나서
병혼재길하게 되셨어.

☐ ☐

❀
시장에 두 번째
당선되셨군요!
재생임을/를 축하드려요.

☐ ☐

❀
그 방송 프로그램을
못 봤다면 오늘 밤에
송재방산하니까 꼭 봐.

☐ ☐ ☐

❀
과학 수사관들이
사고 장면을 컴퓨터로
재경선현해 보였다.

☐ ☐

❀
할아버지는 병이
옹출발재해 다시
입원하셨어.

☐ ☐

❀
헤어졌던 두 사람이
이번에 **재합누결**한대.

☐ ☐ ☐

❀
우유 팩은 화장지로
보재사생할 수 있어.

☐ ☐

❀
회의 때, 그 의견에 대해
친구가 동의하고
내가 **길청재명**했다.

☐ ☐

❀
작길재년부터 작년,
올해까지 가뭄이
계속되었어.

☐ ☐ ☐

❀
이곳의 낡은 주택가는
곧 **재발소개**이/가
추진될 거래.

☐ ☐ ☐

❀
남한과 북한은 화해
분위기 속에서 회담을
주노개재하기로 했어.

☐ ☐ ☐

69

재작년
再(두 재) 昨(어제 작)
年(해 년/연)

지난해는 '작년'이라고 해요. 여기에 '재(再)' 자가 더해진 **재작년**은 작년이 두 번, 즉 작년의 바로 전 해를 가리키지요. 비슷한말로 '지지난해', '전전해', '전전년'이 있어요. 참고로 재작년의 전 해는 '재재작년'이라고 해요.

재수생
再(두 재) 修(닦을 수) 生(날 생)

'재(再)' 자에는 어떤 일을 다시 한다는 뜻이 있어요. 한 번 배웠던 학과 과정을 다시 배우는 학생을 **재수생**이라고 해요. 특히 대학 입학 시험을 다시 준비하며 공부하는 학생을 가리키는 말로 많이 쓰여요.

재혼
再(두 재) 婚(혼인할 혼)

결혼했다가 헤어지는 것을 '이혼'이라고 해요. 또 부부 중에 한 사람이 죽어서(죽을 사, 死) 헤어지는 것은 '사별'이라고 하지요. **재혼**은 이혼하거나 사별한 사람이 다시 결혼하는 거예요.

재임
再(두 재) 任(맡길 임)

나라에서 어떤 일을 하도록 마련해 준 자리를 '관직'이라고 해요. 이 관직을 다시 맡게 되는 것이 **재임**이에요. 어떤 직책의 임무를 수행하고 있다는 의미의 '재임'도 있는데, 이때는 '있을 재(在)' 자를 써요.

재방송
再(두 재) 放(놓을 방)
送(보낼 송)

재미있는 방송 프로그램을 놓쳤을 때 다시 볼 수 있는 방법이 있어요. 바로 재방송을 보는 거지요. **재방송**은 라디오나 텔레비전 등에서 이미 보여 준 프로그램을 다시 방송하는 것을 말해요.

재활/재개
再(두 재) 活(살 활)
開(열 개)

재활은 다시 활동한다(살 활, 活)는 뜻이에요. 장애를 극복하는 것을 뜻하기도 해요. 중단했던 것을 다시 시작하는 것은 **재개**, 다시 나타나는(나타날 현, 現) 것은 '재현'이라고 해요.

재발
再(두 재) 發(필 발)

재발은 다시 발생하거나 다시 일어나는 것을 뜻해요. 나았다고 생각한 병이 다시 발병했을 때 '병이 재발했다.'라고 해요.

재생
再(두 재) 生(날 생)

재생은 못 쓰게 된 물건을 가공해 다시 쓰는 거예요. 손상된 부분이 다시 자란다는 뜻도 있지요. 폐품의 용도를 바꾸거나 가공해 다시 쓰는 것은 '재활용', 다시 개발하는 것은 '재개발', 건물을 다시 짓는 것은 '재건축'이에요.

재결합
再(두 재) 結(맺을 결)
合(합할 합)

둘 이상의 사물이나 사람이 서로 관계를 맺어(맺을 결, 結) 하나(합할 합, 合)가 되는 것을 '결합'이라고 해요. 헤어지거나 떨어졌다가 다시 만나는 것은 **재결합**이라고 하지요.

재청
再(두 재) 請(청할 청)

이미 요청했던 내용을 다시 한번 청하는(청할 청, 請) 것을 **재청**이라고 해요. 한편 회의에서 다른 사람이 낸 안건에 찬성해 자신도 그와 같이 청한다는 뜻을 밝힐 때 '재청한다'고 하지요.

동의와 재청

'동의'와 '재청'은 회의할 때 종종 사용되는 의사 표현 방법이에요. 회의에서 자신과 같은 의견이 먼저 나왔다면 의견을 처음부터 다시 발표할 필요 없이 '동의한다'고 하면 돼요. 앞서 말한 사람과 같은(한가지 동, 同) 생각(뜻 의, 意)으로 그 의견에 찬성한다는 뜻이지요. 한편 다른 사람의 의견에 찬성하여 똑같은 내용을 다시 청하는 것은 '재청'이라고 해요. 어떤 경우에 동의와 재청을 사용하는지 살펴볼까요?

〈의견을 같이하는 '동의'〉

〈같이 청하는 '재청'〉

 톡

회의할 때 사용되는 의사 표현 중에 '제청'은 어떤 안건을 제시하여 결정해 달라고 청(청할 청, 請)하는 거예요. 또 '움직일 동(動)' 자와 '의논할 의(議)' 자가 쓰인 '동의'는 토의할 안건을 제출하는 것이지요.

1 밑줄 친 낱말에 '두 번' 또는 '다시'라는 뜻이 담겨 있는 것만 골라 ○ 하세요.

① 사촌 언니는 **재작년**에 초등학교를 졸업했어요.

② 그분은 이혼한 뒤 **재혼**하기까지 10년간 혼자 지내셨어요.

③ 도마뱀은 꼬리가 잘려도 **재생**되는 놀라운 능력이 있어요.

④ 그는 오늘 이상하게 **재수**가 좋다고 생각했어요.

2 낱말의 뜻을 찾아 선으로 이어 보세요.

재개	·	·	다시 나타남.
재현	·	·	어떤 일이나 활동, 회의 등을 한동안 중단했다가 다시 시작함.
재수생	·	·	한 번 배웠던 학과 과정을 다시 배우는 학생

3 속뜻 짐작 대화의 빈칸에 들어갈 낱말을 찾아 ○ 하세요.

재고   재차   재기

영어 단어 앞에 re-가 붙으면 '다시'라는 의미가 더해져요.
re-가 붙은 단어는 어떤 것들이 있는지 살펴볼까요?

refill

fill은 '채우다'란 뜻이에요. 여기에 re-가 붙으면 '다시 채우다.'라는 뜻이 되지요.

reform

form은 '형태', reform은 '형태를 새롭게 만들다.'라는 말이에요. 사용하던 낡은 물건이나 주택을 새롭게 고치는 일을 말해요.

replay

'다시 보기(다시 듣기)'를 replay라고 해요. 스포츠에서 승부가 나지 않아서 하는 '재경기'도 replay라고 하지요.

recall

'부르다'라는 뜻의 call에 re-가 붙은 recall은 '회상하다'라는 의미예요. 지난 일을 돌이켜 생각하는 것을 말하지요.

2주 5일
학습 끝!

붙임 딱지 붙여요.

QR 찍고 발음 듣기

함께 공부한 사람, '동문'

동문(한가지 동 同, 문 문 門): 같은 학교에서 공부했거나
같은 스승에게서 배운 사람을 뜻해요.

팔 굽혀 펴기를
많이 한 사람을
제자로 삼겠다.

이백스물다섯,
이백스물여섯…….

이것도
똑같구나!

좋다. 똑같이
제자로 받아 주겠다.
이제 너희 둘은
'동문'이다.

'동문'은 스승의 대문(문 문, 門)을
함께(한가지 동, 同) 드나든
사람이라는 뜻이에요.

감사합니다,
스승님!

즉, 같은 스승에게서 배운 사람을 뜻하지요.
요즘은 같은 학교에서 공부한 사람들을
뜻하기도 해요.

얍!

얍!

으쌰!

75

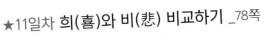

contents

토닥이와 함께
파이팅!

PART 2

PART2에서는 상대어나 주제어를 중심으로
관련이 있는 낱말들을 연결해서 배워요.

희(喜)와 비(悲) 비교하기

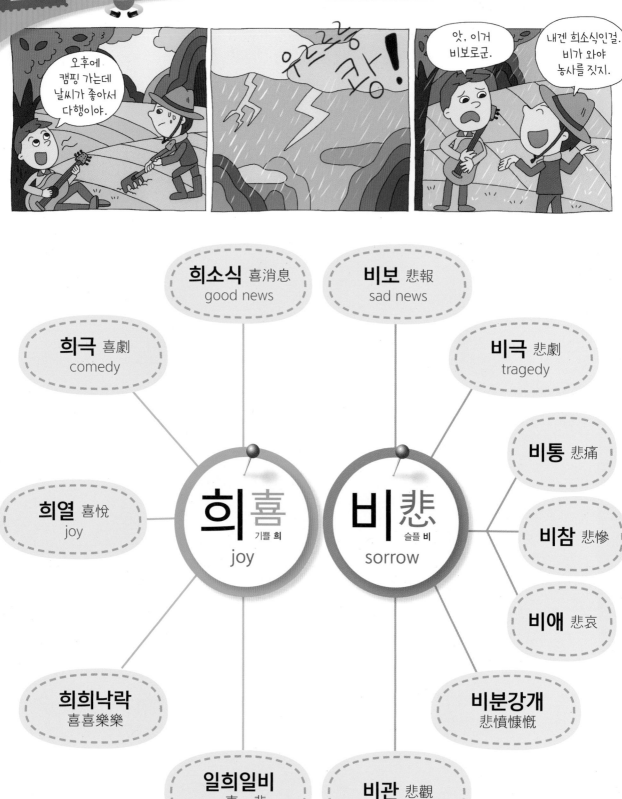

78

1 각 설명에 알맞은 낱말을 찾아 (   )에 번호를 써 보세요.

① 희열   ② 희소식   ③ 희극   ④ 비극   ⑤ 비분강개

⑥ 일희일비   ⑦ 비관   ⑧ 희희낙락   ⑨ 비참   ⑩ 비보

희소식 vs 비보
喜(기쁠 희) 消(사라질 소)
息(숨 쉴 식) 悲(슬플 비)
報(갚을/알릴 보)

'소식'은 멀리 있는 사람에게 어떤 일이 있었는지 말이나 글로 알려 오는 거예요. 그중에는 시험에 합격한 것처럼 기쁜 소식도 있어요. 이런 기쁜(기쁠 희, 喜) 소식을 **희소식**이라고 해요. 반면 가족이 다쳤거나 시험에 불합격한 슬픈(슬플 비, 悲) 소식(갚을/알릴 보, 報)은 **비보**라고 해요.

희극 vs 비극
喜(기쁠 희) 劇(심할 극)
悲(슬플 비) 劇(심할 극)

개그 프로그램을 보면 깔깔 웃음이 나와요. 이처럼 웃기는 장면을 중심으로 유쾌하게 끝을 맺는 연극을 **희극**이라고 해요. 반면 **비극**은 인간의 고통과 불행을 보여 주며 결말도 슬프게 끝나는 연극이에요. '희비극'은 기쁨과 슬픔을 함께 담은 연극을 말해요.

희열 vs 비통
喜(기쁠 희) 悅(기쁠 열)
悲(슬플 비) 痛(아플 통)

희열은 매우 기뻐하는 것을 뜻해요. 축구 경기에서 골을 넣으면 짜릿한 희열을 느끼지요. 반면 **비통**은 '아플 통(痛)' 자를 써서 고통스러울 정도로 슬픈 것을 뜻해요. 비통처럼 극심한 슬픔을 뜻하는 말로 '비참'과 '비애'가 있어요.

희희낙락 vs 비분강개
喜(기쁠 희) 樂(즐거울 락/낙)
悲(슬플 비) 憤(분할 분)
慷(강개할 강) 慨(슬퍼할 개)

희희낙락은 매우 기쁘고 즐거워하는 것이에요. '기쁠 희(喜)' 자와 '즐거울 락/낙(樂)' 자가 반복되어 기쁨과 즐거움을 강조하는 말이지요. 반대로 **비분강개**는 슬프고 분해서 마음이 북받치는 것이에요. 독립운동가인 윤봉길 의사는 우리 민족을 핍박하는 일제에 비분강개해서 일왕의 생일날, 행사장에 폭탄을 던졌어요.

윤봉길

일희일비
一(한 일) 喜(기쁠 희) 悲(슬플 비)

한편으로는 기쁘고 한편으로는 슬퍼하는 것을 **일희일비**라고 해요. 기쁨과 슬픔이 번갈아 찾아오는 것을 뜻하는 말이지요. 비슷한 뜻을 가진 낱말로, 한편으로는 기뻐하고 한편으로는 걱정하는(근심 우, 憂) 것을 뜻하는 '일희일우'가 있어요.

비관
悲(슬플 비) 觀(볼 관)

컵에 물이 반 정도 들어 있어요. 이를 두고 어떤 사람은 '물이 반이나 남았네.'라고 말하고, 다른 사람은 '물이 반밖에 없네.'라고 말해요. 이처럼 같은 상황에서 나쁜 면만 바라보고(볼 관, 觀), 일이 잘 안 될 거라고 여기는 것을 **비관**이라고 해요. 상대어인 '낙관'은 나쁜 면보다는 밝고 희망적인(즐거울 락/낙, 樂) 면을 바라보고, 앞으로 일이 잘될 거라고 여기는 것이지요.

연극의 종류

연극은 말과 몸짓으로 표현하는 예술이에요. 극작가가 쓴 희곡을 바탕으로 무대에서 배우들이 말과 몸짓으로 이야기를 끌어 나가지요. 연극은 내용이나 형식, 시대 등에 따라 종류가 다양해요. 그중 내용에 따라 연극을 어떻게 나누는지 알아볼까요?

〈내용에 따른 연극의 종류〉

행복하게 끝을 맺는 '희극'

웃음과 즐거움을 주는 연극이에요. 행복한 결말로 끝나며 웃음 속에 해학과 풍자를 담아 사회의 잘못된 점을 꼬집기도 해요. 대표적인 작품으로 셰익스피어의 〈베니스의 상인〉이 있어요.

불행하게 끝을 맺는 '비극'

죽음이나 이별처럼 슬프게 끝이 나는 연극을 비극이라고 해요. 주인공의 슬픔과 불행, 죽음 등을 보며 감동을 받지요. 유명한 비극으로는 셰익스피어의 〈햄릿〉이 있어요.

웃음을 주는 '소극'

관객을 웃기고(웃음 소, 笑) 즐겁게 하려고 만든 극이에요. 연극의 막 사이에 과장된 표현과 황당한 이야기로 관객을 웃기던 막간극에서 시작되었어요.

남녀의 사랑을 다룬 '멜로드라마'

18~19세기 유럽에서 유행한 연극으로, 낭만적인 음악과 함께 사랑을 주제로 한 이야기가 펼쳐져요. 그리스어로 '노래'를 뜻하는 melos와 '극'을 뜻하는 drama가 합쳐진 말이지요.

1 대화를 읽고, 빈칸에 들어갈 낱말을 골라 ○ 하세요.

| 일희일비 | 비분강개 | 비관 | 희희낙락 |

2 밑줄 친 낱말의 뜻을 찾아 선으로 이어 보세요.

체육 대회에서 우리 반이
우승하자 큰 **희열**이 느껴졌다. •

큰 화재로 많은 사람이 다쳤다는
비보를 들었다. •

그는 **비통**한 마음을
참지 못하고 눈물을 흘렸다. •

• 슬픈 소식

• 매우 기뻐함.
또는 큰 기쁨

• 고통스러울 정도로
슬퍼함.

3 속뜻짐작 밑줄 친 낱말의 '비' 자가 '슬픔'을 뜻하지 않는 것을 찾아보세요. (   )

① 그의 삶은 **비극**적으로
끝났다.

② 한국 전쟁으로 국민들이
비탄에 잠겼다.

③ 내 키를 다른 사람과
비교할 필요는 없어.

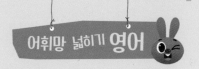

영화에는 여러 가지 감정이 담겨요. 그중 주된 감정에 따라 장르를 구분하기도 하지요.
영화 장르를 영어로 알아볼까요?

romantic movie

romantic movie는 '로맨스 영화'예요. '낭만적인, 로맨틱한'이라는 뜻의 romantic에 걸맞게 주로 남녀 간의 사랑에 관한 내용이지요.

crime movie

crime movie는 범죄와 그 사건의 해결 과정을 다루는 '범죄 영화'예요. crime은 '범죄', criminal은 '범죄자'를 뜻해요. 또 perfect crime은 '완전 범죄', crime scene은 '범죄 현장'이에요.

**3주 |일
학습 끝!**

붙임 딱지 붙여요.

horror movie

horror는 '공포', horror movie는 '공포 영화'를 뜻해요. 잔인하거나 무서운 '스릴러 영화'는 thriller movie라고 해요. thrill은 '전율, 오싹함'을 의미해요.

sci-fi movie

'공상 과학 영화'는 sci-fi movie라고 해요. sci-fi는 science-fiction의 앞부분을 딴 말이지요. science는 '과학', fiction은 '소설, 허구'라는 의미예요. sci-fi movie를 더 줄여서 SF movie라고도 해요.

QR 찍고 발음 듣기

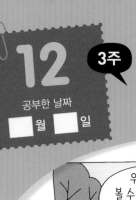

가(可)와 부(否) 비교하기

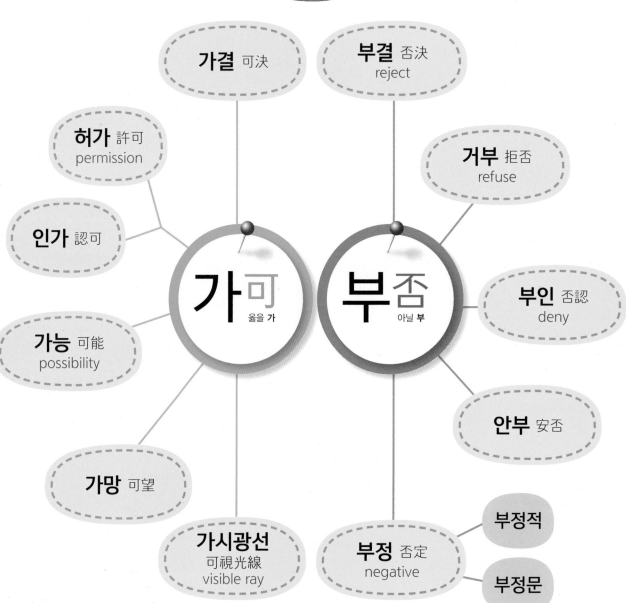

84

1 빈칸에 알맞은 낱말을 써서 십자말풀이를 완성해 보세요.

'싫어, 안 돼, 못해!'는 부정의 의미를 담은 말이야.

잘 지내는지 물어보는 인사를 뭐라고 할까?

가로 열쇠

① '~은 아니다'처럼 부정의 뜻을 담고 있는 문장

② 어떤 행동이나 일을 할 수 있게 허용함.

③ 회의에서 안건을 받아들이도록 결정함.

세로 열쇠

① 편안하게 잘 지내고 있는지, 그렇지 않은지 묻는 일

② 사람의 눈으로 볼 수 있는 빛

③ 바라는 일이 이루어질 가능성, 또는 가능성이 있는 희망

2 설명하는 낱말을 찾아 선으로 이어 보세요.

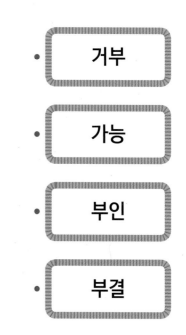

할 수 있거나 될 수 있음. •

어떤 요구나 제의를 받아들이지 않고 거절함. •

어떤 내용이나 사실을 인정하지 아니함. •

어떤 안건을 받아들이지 않기로 결정함. •

• 거부

• 가능

• 부인

• 부결

가결 vs 부결
可(옳을 가) 決(결단할 결)
否(아닐 부) 決(결단할 결)

'본 안건은 가결되었습니다.'라는 말과 함께 의사봉을 두드리는 장면을 본 적이 있나요? 회의에서 제시된 의견은 논의 과정을 거쳐 결정돼요. 이때 그 의견이 옳다고(옳을 가, 可) 여겨 받아들이기로 결정하는(결단할 결, 決) 것을 가결, 받아들이지 않기로(아닐 부, 否) 결정하는 것을 부결이라고 해요.

허가 vs 거부
許(허락할 허) 可(옳을 가)
拒(막을 거) 否(아닐 부)

어떤 일을 하도록 허락하는(허락할 허, 許) 것을 허가라고 해요. 정당하다고 인정하여 허락하는 것은 '인가'라고 하지요. 거부는 '막을 거(拒)' 자를 붙여 요구나 제안 등을 받아들이지 않는 것을 말해요.

재건축 허가

가능
可(옳을 가) 能(능할 능)

가능은 할 수 있거나 될 수 있는 것을 뜻해요. 영화 포스터에 '○세 이상 관람가'라고 쓰여 있는 것을 본 적이 있지요? '관람가'는 관람이 가능하다는 말로, 관람할 수 있다는 것을 뜻해요. 가능의 상대어는 '불능'이에요.

가망
可(옳을 가) 望(바랄 망)

가망은 바라는(바랄 망, 望) 일이 이루어질 가능성을 말해요. 중병에 걸려 회복할 수 없는 환자에게 '가망이 없다.'고 하거나, '우리가 이길 가망이 있을까?'처럼 쓰지요.

가시광선
可(옳을 가) 視(볼 시)
光(빛 광) 線(줄 선)

가시광선은 사람의 눈으로 볼 수 있는 빛이에요. 가시광선은 무지개에 나타나는 색과 같은 일곱 가지 빛으로 이루어져 있지요. 햇빛에는 가시광선 외에 자외선이나 적외선처럼 눈으로 볼 수 없는 빛도 있어요.

부인
否(아닐 부) 認(알 인)

큰 잘못을 했지만 혼이 날까 봐 안 그랬다고 말한 적이 있나요? 이렇게 어떤 사실을 받아들이지 않고 아니라고 하는 것을 부인이라고 해요. '사실을 부인하다.'처럼 쓰지요. 상대어로 어떤 사실이 옳다고(옳을 시, 是) 인정하는 '시인'이 있어요.

안부
安(편안할 안) 否(아닐 부)

안부는 어떤 사람이 편안하게(편안할 안, 安) 지내는지 그렇지 않은지(아닐 부, 否)에 대한 소식을 말해요. '안부를 묻다.', '안부를 여쭙다.'처럼 쓰지요. 안부를 묻는 전화는 '안부 전화', 안부를 묻는 편지는 '안부 편지'라고 해요.

부정
否(아닐 부) 定(정할 정)

부정은 그렇지 않다고(아닐 부, 否) 단정(정할 정, 定)하거나, 옳지 않다고 반대하는 거예요. 어떤 사실에 대해 반대하는 태도는 '부정적'이라고 하며, '부정적 평가', '부정적 태도'처럼 써요. 또 '나는 찬성하지 않았다.'처럼 부정의 뜻이 담긴 문장(글월 문, 文)은 '부정문'이라고 해요.

안 해! 싫어! No!

가시광선과 적외선, 자외선

비가 내린 뒤 하늘에 뜬 무지개를 본 적이 있나요? 빨강, 주황, 노랑, 초록, 파랑, 남색, 보라, 일곱 가지 빛깔의 무지개는 가시광선이 공기 중의 작은 물방울들을 통과하면서 생긴 것이에요. 이렇게 햇빛에는 사람의 눈으로 볼 수 있는 가시광선뿐 아니라 눈에 보이지 않는 빛들이 포함되어 있어요. 그럼 여러 가지 빛의 종류를 살펴볼까요?

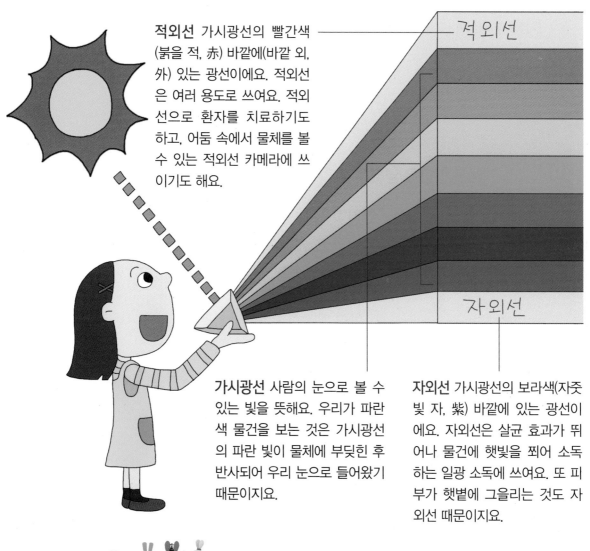

적외선 가시광선의 빨간색 (붉을 적, 赤) 바깥에(바깥 외, 外) 있는 광선이에요. 적외선은 여러 용도로 쓰여요. 적외선으로 환자를 치료하기도 하고, 어둠 속에서 물체를 볼 수 있는 적외선 카메라에 쓰이기도 해요.

가시광선 사람의 눈으로 볼 수 있는 빛을 뜻해요. 우리가 파란색 물건을 보는 것은 가시광선의 파란 빛이 물체에 부딪힌 후 반사되어 우리 눈으로 들어왔기 때문이지요.

자외선 가시광선의 보라색(자줏빛 자, 紫) 바깥에 있는 광선이에요. 자외선은 살균 효과가 뛰어나 물건에 햇빛을 쬐어 소독하는 일광 소독에 쓰여요. 또 피부가 햇볕에 그을리는 것도 자외선 때문이지요.

 톡

날씨가 우중충하거나 스산한 기운이 감돌 때 '을씨년스럽다'라고 말해요. 이 말은 '을사년'에서 비롯되었어요. 을사년인 1905년 우리나라는 일제에게 외교권을 빼앗겨 나라 전체가 슬픔에 빠졌지요. 이후 당시의 분위기에 비유해 '을사년스럽다'는 말이 생겨났고, 이것이 '을씨년스럽다'로 변한 것이에요.

1 ( )에 들어갈 낱말을 찾아 번호를 써 보세요.

그 안건을 받아들이는 것으로 결정되자 의장이 ( )을/를 선포했어요.

준희는 오늘부터 다이어트를 시작하겠다며 간식을 ( ) 했어요.

승민이는 할아버지가 잘 지내시는지 궁금해서 ( ) 편지를 썼어요.

① 가결   ② 가망   ③ 거부   ④ 안부

2 ( ) 안에서 알맞은 낱말을 골라 ○ 하세요.

① 민수는 긍정도 (**부정** / **부결**)도 하지 않고 미소만 지었다.

② 이 영화는 12세 관람가이고, 너는 15세이니 영화를 보는 것이 (**가능** / **가망**)해.

③ 일요일에 운동장을 사용해도 된다고 선생님께서 (**허가** / **거부**)해 주셨어.

④ 이번 체육 대회에서 우리 반이 우승할 (**가망** / **가결**)이 있을까?

3 속뜻 짐작 밑줄 친 낱말의 뜻을 찾아 선으로 이어 주세요.

이번 수학여행의 참석 **여부**를 조사했어요.   •

•   불에 잘 타는 성질

나무는 **가연성**이 높은 물질이라 조심해야 해.   •

•   그러함과 그러하지 않음.

그 일에 대해 더 이상 **왈가왈부**하지 말자!   •

•   이것이 옳고 저것은 그르다며 서로 다툼.

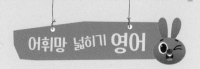
-able은 단어에 붙어서 '가능'의 의미를 나타내요.
-able이 붙은 단어는 어떤 것들이 있는지 함께 알아볼까요?

lovable

'사랑하다, 좋아하다'를 뜻하는 단어인 love에 -able을 붙이면 '사랑스러운, 매력적인'의 뜻이 돼요.

She is a lovable person. (그녀는 사랑스럽다.)

unbelievable

'믿다'라는 뜻의 believe에 -able을 붙이면 '믿을 수 있는'이라는 뜻이 돼요. 여기에 단어의 뜻을 반대로 만드는 un-을 붙이면 unbelievable이 되어 '믿을 수 없는'이라는 뜻이 되지요.

That's unbelievable! (말도 안 돼!)

3주 2일
학습 끝!

붙임 딱지 붙여요.

enjoyable

enjoy는 '즐기다'라는 뜻이에요. 여기에 -able이 붙은 enjoyable은 '즐길 수 있는, 즐길 만한'이라는 말이 되므로 '즐거운'을 뜻해요.

I had an enjoyable day at the water park. (나는 워터파크에서 즐거운 하루를 보냈다.)

QR 찍고 발음 듣기

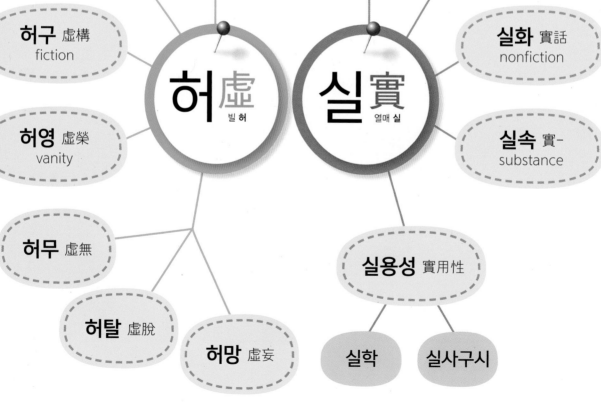

90

1 '허'와 '실'이 들어간 낱말의 설명을 읽고, 빈칸에 알맞은 글자를 써 보세요.

허
(虛)

	모든 것이 소용없게 느껴져 매우 허전하고 쓸쓸함.
	사실이 아닌 일을 사실처럼 꾸며 만듦.
	진실이 아닌 것을 진실처럼 보이게 함. **예** ○○ 광고

거짓이 없고 참됨. ☐

실
(實)

| | 실제로 있거나 있었던 이야기 |

실제 있던 일이나 현재 있는 일 ☐

| ☐ ☐ | 실제로 쓸모가 있는 성질이나 특성 |

2 밑줄 친 낱말의 뜻을 찾아 선으로 이어 보세요.

그는 겉모습이 화려하지만 **실속**이 없는 사람이에요.	가진 것은 부족한데도 겉모습은 화려하고 요란함.
허풍이 심한 사람의 이야기는 믿을 수 없어요.	실제보다 지나치게 부풀려 믿음이 안 가는 행동이나 말
사치와 **허영**에 빠져 가진 돈을 모조리 써 버렸어요.	실제 알맹이가 되는 내용

허풍 vs 진실
虛(빌 허) 風(바람 풍)
眞(참 진) 實(열매 실)

허풍은 실제보다 과장하여 믿음이 가지 않는 행동이나 말을 뜻해요. '허풍을 떨다.', '허풍을 치다.' 등으로 써요. 허풍을 잘 떠는 사람을 가리켜 '허풍선이'라고 하지요. 반면 거짓이 없는 사실은 진실이라고 해요. 비슷한말로 '참'이 있어요.

허위 vs 사실
虛(빌 허) 僞(거짓 위)
事(일 사) 實(열매 실)

허위는 진실이 아닌 것을 진실인 것처럼 거짓(거짓 위, 僞)으로 꾸미는 거예요. 상품을 광고할 때 사실이 아닌 것을 사실인 것처럼 꾸며서 알리는 것을 '허위 광고'라고 해요. 상대어인 사실은 실제로 있었던 일이나 실제로 있는 일을 뜻해요.

허구 vs 실화
虛(빌 허) 構(얽을 구)
實(열매 실) 話(말씀 화)

허구는 실제로 있지 않은 것을 사실처럼 꾸며서 만드는 것을 뜻해요. 동화나 소설이 바로 작가의 상상력으로 만들어 낸 허구의 이야기이지요. 반면 실제로 있었던 이야기(말씀 화, 話)나 실제 있는 이야기는 실화라고 해요. '이 영화는 실화야.'라고 하면, 실제로 일어났던 일을 바탕으로 영화를 만들었다는 뜻이에요.

허영 vs 실속
虛(빌 허) 榮(영화 영)
實(열매 실)

허영은 자기 분수에 맞지 않게 겉모습만 화려하게(영화 영, 榮) 꾸미는 거예요. 허영에 들뜬 마음(마음 심, 心)을 '허영심'이라고 하지요. 반면 군더더기 없이 알맹이가 되는 내용이나 겉으로 드러나지 않는 실제 이익을 실속이라고 해요. '실속이 있다.', '실속을 차리다.' 등으로 써요.

허무 / 허탈
虛(빌 허) 無(없을 무) 脫(벗을 탈)

허무는 아무 의미도 없고(없을 무, 無) 가치도 없이 느껴져서 쓸쓸하고 허전한 것을 뜻해요. 허탈은 온몸에 힘이 쭉 빠지면서 멍한 상태가 되는 것으로, 기대했던 일이 계획대로 이루어지지 않을 때 허탈하지요. '허망'은 어이없고 아무 보람도 없는 상태를 가리켜요.

실용성
實(열매 실) 用(쓸 용)
性(성품 성)

실용성은 실제로 쓸모(쓸 용, 用) 있는 성질(성품 성, 性)을 말해요. 실제 생활에서 많이 쓰이는 것을 '실용성이 높다.'라고 하지요. 조선 후기에는 실용적인 학문(배울 학, 學)인 '실학'이 발달했어요. 실학은 사실에 토대를 두고 정확한 답을 구하고자 하는 '실사구시'의 태도를 중요하게 여겼지요.

실생활에 도움이 되는 학문, 실학

조선 시대의 중심 사상이었던 성리학은 옳은 마음가짐을 갖고 그에 따라 바르게 행동하는 것을 중요하게 여겼어요. 하지만 백성들이 먹고사는 문제에 대한 답은 주지 못했지요. 조선 후기에 들어서 임진왜란과 병자호란으로 백성들의 삶이 어려워지자, 조선에는 나라를 부강하게 하고 생활에 필요한 것을 연구하는 학문이 등장했어요. 바로 '실학'이지요. 그럼 대표적인 실학자들과 그들의 주장에 대해 알아볼까요?

〈조선의 대표적인 실학자〉

유형원 농업을 발전시키고 토지 제도를 개혁하여 백성이 잘사는 나라를 만들어야 한다고 주장했어요.

정약용 거중기를 만들어 수원 화성을 지었어요. 실학을 집대성한 학자로, 〈목민심서〉, 〈경세유표〉 등 많은 책을 남겼어요.

박지원 청나라의 발전된 문물을 받아들이자고 주장했어요. 특히 상업과 공업의 발전을 강조했지요.

박제가 청나라의 선진 기술을 받아들이는 한편, 신분적인 차별을 없애고 상업을 발전시켜야 한다고 주장했어요.

1 대화를 읽고, (   )에 들어갈 낱말을 찾아 번호를 써 보세요.

> 〈벌거벗은 임금님〉에 나오는 재봉사들은 정말 (   )이/가 심해.
>
> 신하들은 옷이 보이지 않으면서도 (   )을/를 말하지 않았지.
>
> 임금님도 (   )에 들떠서 치장하는 것만 좋아했어.
>
> 그래도 재밌잖아. 동화책을 읽으면 (   )인 줄 알면서도 이야기에 빠져 버린다니까.

① 진실   ② 허영

③ 실화   ④ 허풍

⑤ 허구   ⑥ 실감

2 밑줄 친 낱말을 쓸 수 있는 문장을 찾아 선으로 이어 보세요.

| 그 뉴스는 **허위** 보도로 밝혀졌어요. | • | • | 모양에만 신경 쓰면 ☐이/가 떨어질 수 있어. |

| 나는 옷을 살 때 **실용성**을 가장 중요하게 생각해. | • | • | 요즘 ☐ 광고로 소비자를 현혹하는 일이 많아. |

3 속뜻짐작 (   ) 안에서 알맞은 낱말을 골라 ○ 하세요.

① 정약용은 조선 시대의 대표적인 (**실학자** / **수학자**)이다.

② 아이는 (**허기** / **허무**)를 채우기 위해 정신없이 밥을 먹었다.

③ 그는 (**허약** / **허탈**)한 몸을 건강하게 만들기 위해 운동을 했다.

④ 노력은 반드시 (**과실** / **결실**)을 맺는다.

사실, 진실, 허구, 허위 등 진짜와 가짜를 나타내는 낱말이 있어요.
진짜와 가짜를 뜻하는 영어 단어에는 어떤 것들이 있는지 알아볼까요?

false ⟷ truth

false는 '틀린, 거짓, 허위'라는 뜻을 가지고 있어요. 비슷한말로 '거짓말'을 의미하는 lie가 있지요.

false와 반대되는 말로 '진실, 진상'을 뜻하는 truth와 '사실'이라는 뜻을 가진 fact가 있어요. truth에 '아니다'라는 뜻의 un-을 붙인 untruth는 '사실이 아닌, 허위의'라는 의미이지요.

3주 3일
학습 끝!

붙임 딱지 붙여요.

fiction ⟷ nonfiction

fiction은 '허구'라는 뜻도 있지만 '소설'이라는 뜻도 가지고 있어요. 소설이 작가의 상상력을 바탕으로 쓰여진 허구의 이야기이기 때문이지요.

fiction이 '허구, 소설'이라는 뜻을 가지고 있다고 했지요? 그럼 허구가 아닌 이야기는 뭐라고 부를까요? 'fiction이 아니다'라는 의미로 nonfiction이라고 해요.

QR 찍고 발음 듣기

종교(宗教) 관련 말 찾기

1 서로 다른 종교를 가진 사람들이 자기소개를 하고 있어요. 빈칸에 알맞은 낱말을 보기에서 찾아 써 보세요.

"저는 그리스도를 구세주로 믿으며 그 사랑과 가르침을 전하는 ☐ 목사랍니다."

"저는 부처님을 따르는 승려인데, ☐에서는 수행이 중요하답니다."

"저는 알라신의 가르침을 따르는 ☐ 신도입니다. '무슬림'이라고도 하지요."

보기   이슬람교   불교   기독교

2 각 낱말의 뜻풀이를 찾고, 다시 그와 관련된 낱말을 찾아 선으로 이어 보세요.

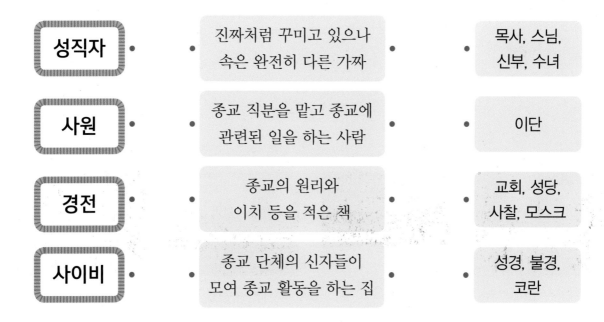

성직자	진짜처럼 꾸미고 있으나 속은 완전히 다른 가짜	목사, 스님, 신부, 수녀
사원	종교 직분을 맡고 종교에 관련된 일을 하는 사람	이단
경전	종교의 원리와 이치 등을 적은 책	교회, 성당, 사찰, 모스크
사이비	종교 단체의 신자들이 모여 종교 활동을 하는 집	성경, 불경, 코란

종교는 신을 믿어 마음의 평화를 얻고 삶의 목적을 찾고자 하는 인간의 문화 체계예요.
그럼 종교에 관련된 낱말들을 살펴볼까요?

신앙
信(믿을 신) 仰(우러를 앙)

신앙은 신이나 종교를 믿고(믿을 신, 信) 따르는(우러를 앙, 仰) 일을 말해요. 세계에는 여러 종교가 있는데, 종교마다 신앙의 모습이 달라요. '기독교'는 예수 그리스도가 펼친 사랑과 가르침을 실천해요. '불교'는 인생의 고통에서 벗어나 자비를 베푸는 부처가 되는 것을 목표로 삼지요. '이슬람교'는 알라신을 숭배하고 그의 가르침을 따르고자 해요. 이밖에도 동물이나 나무, 바위 등 자연물을 섬기는 신앙을 비롯해 다양한 형태의 종교와 신앙이 있어요.

포교
布(베/펼 포) 敎(가르칠 교)

포교는 어떤 종교의 가르침(가르칠 교, 敎)을 널리 알리는(베/펼 포, 布) 일이에요. 포교 활동으로 신도들을 모을 수 있어요. 포교의 방법에는 어떤 목적이나 방향으로 사람들을 이끌어 지도하는 '인도'와 종교의 교리를 널리 전해 사람들에게 신앙심을 갖도록 하는 '전도' 등이 있지요.

사원
寺(절 사) 院(집 원)

사원은 종교의 신자들이 한데 모여 예배를 드리거나 포교 활동 등을 하는 곳이에요. 종교마다 사원을 부르는 이름이 달라요. 기독교에서는 '교회', 불교에서는 '사찰' 혹은 '절'이라고 불러요. 이슬람교에서는 '모스크' 혹은 '마스지드', 천주교에서는 '성당'이라고 부르지요.

▲ 교회

▲ 절

▲ 모스크

▲ 성당

경전
經(지날/글 경) 典(법 전)

'지날/글 경(經)' 자와 '법 전(典)' 자가 합쳐진 **경전**은 글로 된 가르침이란 뜻으로, 종교의 원리와 가르침을 적어 놓은 책이에요. 기독교의 경전인 〈성경〉에는 세상이 창조된 과정부터 예수의 생애와 말씀들이 담겨 있어요. 기독교를 믿는 사람들은 성경 안에 적힌 말씀을 따르기 위해 노력하지요. 불교의 경전인 〈불경〉은 불교의 교리를 적어 놓은 책이에요. 이슬람교의 경전인 〈코란〉은 알라신의 계시 내용과 계율 등을 기록한 책으로, '코란'이라는 말은 아랍어로 '읽혀야 할 것'을 뜻해요.

성직자
聖(성스러울 성)
職(벼슬/직분 직) 者(사람 자)

성직자는 종교 단체에서 직분을 맡아 일하는 사람이에요. 주로 교단을 이끌고, 포교 활동을 하며, 경전을 해석하고 설교하는 일 등을 해요. 종교마다 성직자를 가리키는 이름이 달라요. 기독교의 성직자는 '목사'이고, 불교의 성직자는 '승려'로 남자 승려는 '비구', 여자 승려는 '비구니'라고 해요. 승려는 세상과 인연을 끊고, 수행 생활을 하지요. 천주교의 성직자는 '신부'와 '수녀'예요. 신부와 수녀는 가정을 이루지 않고 종교를 위해 헌신하는 삶을 살지요.

사이비/이단
似(같을 사) 而(말 이을 이)
非(아닐 비) 異(다를 이/리)
端(바를 단)

사이비는 겉으로는 같아(같을 사, 似) 보이지만, 알고 보면 완전히 다른 것을 말해요. '사이비 종교', '사이비 기자'처럼 쓰지요. 또한 **이단**은 종교에서 정통으로 인정받는 가르침에 어긋나는 이론을 내세우는 것이에요. 이단의 생각을 가지고 있거나 그렇게 행동하는 사람을 '이단자'라고 해요. 중세 유럽에서는 종교 재판을 열어 이단자를 가려내 박해하거나 처형했어요. 지구가 태양 주위를 돈다고 주장했던 갈릴레이는 종교 재판에서 이단 판정을 받아 집에 갇혀 지내야 했지요.

▲ 종교 재판에서 이단 판정을 받은 갈릴레이

1 대화를 읽고, 세 사람이 무엇에 대해 이야기하고 있는지 찾아보세요. (   )

나는 교회에 갈 때마다 성경을 꼭 챙겨. 예수님의 가르침이 여기 다 들어 있거든.

나는 코란을 읽어 보고 싶어. 이슬람교의 가르침이 무엇인지 궁금해.

부처님의 말씀을 알고 싶은데, 그럼 한자 먼저 공부해야 할까?

① 신앙

② 경전

③ 이단

④ 사이비

2 (   )에 들어갈 낱말을 찾아 번호를 써 보세요.

⑴ 깊은 산속에 부처님을 모셔 놓은 (   )이/가 있었어.

⑵ 나는 (   )이/가 되어서 성경의 내용을 설교하고 싶어.

⑶ 천주교의 사원은 성스러운 집이라는 뜻의 (   )(이)야.

⑷ 친구를 (   )해서 교회에 함께 가기로 했어.

① 전도   ② 절   ③ 성직자   ④ 성당

3 속뜻짐작 각 낱말의 뜻을 찾아 선으로 이어 보세요.

교인 •

순교자 •

선교 •

• 자기가 믿는 신앙을 지키기 위해 목숨을 바친 사람

• 어떤 종교를 믿으며 따르는 사람

• 종교를 선전하여 널리 퍼뜨리는 것

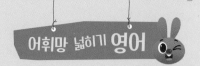

종교마다 성직자를 부르는 말이 달라요.
영어로는 어떻게 부르는지 알아볼까요?

father, sister

father는 '아버지'라는 뜻이에요. 종교적으로는 '천주교의 신부'를 가리키지요. 천주교에서 '수녀'는 자매를 뜻하는 sister예요.

minister

minister는 기독교의 '목사'예요. 목사는 교회에서 예배를 이끌어 가는 성직자예요. 다른 말로 pastor를 쓰기도 해요.

3주 4일
학습 끝!

붙임 딱지 붙여요.

monk

monk는 '수행자, 수도자'를 의미해요. 현실 세계를 떠나 종교적 규칙을 지키며 생활하는 수도자를 일컫는 말로, 불교의 승려만을 가리키는 말은 아니에요.

Muslim

Muslim은 '이슬람교도'를 가리키는 말이에요. '이슬람'은 아랍어로 '절대 순종한다.'라는 뜻이며, '무슬림'은 '절대 순종하는 사람'이라는 의미예요.

QR 찍고 발음 듣기

경제(經濟) 관련 말 찾기

분배

소비

생산

경제 활동
經濟 活動
economic activity

경제 활동 인구
經濟 活動 人口

취업률

실업률

경상 수지
經常 收支

경제 經濟
지날/글 **경** 건널 **제**
economy

경기 景氣

경기 침체   경기 부양

환율 換率
exchange rate

금리 金利
interest rate

통화량 通貨量

물가 物價
price

1 설명과 초성을 참고해 빈칸에 알맞은 낱말을 써 보세요.

물건과 서비스의 평균적인 가격을 의미하는 말이에요. | ㅁ | ㄱ |

물건이나 서비스를 만들어서 사고파는 등
경제와 관련된 모든 활동을 말해요. | ㄱ | ㅈ | ㅎ | ㄷ |

매매나 거래가 잘되고 안되는 등
경제 활동의 형편을 나타내는 말이에요. | ㄱ | ㄱ |

전체 경제 활동 인구 중 직업을 얻어
일하는 사람의 비율을 뜻해요. | ㅊ | ㅇ | ㄹ |

2 경제와 관련된 설명을 읽고, 빈칸에 알맞은 낱말을 찾아 선으로 이어 보세요.

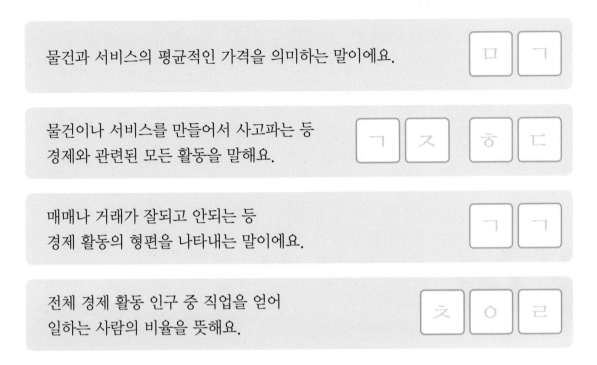

□은/는 자기 나라 돈을 다른 나라 돈과 바꿀 때의 비율이에요.

직업을 잃은 사람의 비율을 □(이)라고 해요.

예금에 붙는 이자나 그 비율을 □(이)라고 해요.

실업률   금리   환율

경제는 인간 생활에 필요한 물건이나 서비스를 생산하고, 나누고, 소비하는 모든 활동을 말해요. 경제에 관련된 낱말들을 살펴보면서 경제에 대해 좀 더 알아볼까요?

경제 활동
經(지날/글 경) 濟(건널 제)
活(살 활) 動(움직일 동)

생산

분배   소비

우리가 살아가는 데 필요한 물건을 만들고, 사고팔며, 사용하는 등 경제와 관련된 모든 활동을 **경제 활동**이라고 해요. 이때 물건이나 서비스를 만드는 것을 '생산'이라고 해요. 생산 활동은 여러 사람의 노력으로 이루어지는데, '분배'는 생산 활동에 참여한 대가로 얻은 소득을 나누는 일이에요. 공장에서 일을 하고 받는 임금 등이 대표적이지요. 이렇게 분배받은 소득으로 생활에 필요한 물건이나 서비스를 사는 것을 '소비'라고 해요.

경제 활동 인구
經(지날/글 경) 濟(건널 제)
活(살 활) 動(움직일 동)
人(사람 인) 口(입 구)

경제 활동 인구는 생산 활동에 참여할 능력과 뜻을 가진 15세 이상의 사람들을 말해요. 즉, 한 나라의 노동력을 나타내는 말로, 현재 취직해서 일을 하고 있는 '취업자'와 일을 하고 있지는 않지만 일을 구하고 있는 '실업자'를 모두 포함하지요. 경제 활동 인구 중에서 취업자가 차지하는 비율을 '취업률', 실업자가 차지하는 비율을 '실업률'이라고 해요.

경기
景(볕 경) 氣(기운 기)

경기는 물건을 사고파는 것부터 수출, 수입처럼 큰 거래에 이르기까지 모든 경제 활동이 잘 이루어지는지 아닌지를 나타내는 말이에요. 그런데 소비가 줄어 물건이 팔리지 않고, 거래가 활발하게 이루어지지지 못하는 상황도 있어요. 이처럼 경기가 나빠진 상태를 '잠길 침(沈)'과 '막힐 체(滯)' 자를 써서 '경기 침체'라고 해요. 경기 침체일 때, 소비가 늘고 거래가 활발해지도록 경기를 살리는 것을 '뜰 부(浮)'와 '떨칠 양(揚)' 자를 써서 '경기 부양'이라고 해요.

물가/통화량

物(물건 물) 價(값 가) 通(통할 통)
貨(재화 화) 量(헤아릴 량/양)

시장에 가면 채소값이 며칠 전과 달리 오르거나 내린 것을 볼 수 있어요. 이렇게 변동하는 물건(물건 물, 物)의 가격(값 가, 價)들을 평균한 것을 **물가**라고 해요. 물가에는 물건뿐 아니라 서비스의 가격도 포함되지요. 물가는 통화량과도 관계가 있어요. **통화량**은 나라 안에서 실제로 쓰며 오가고 있는(통할 통, 通) 돈(재화 화, 貨)의 양(헤아릴 량/양, 量)으로, 통화량이 늘어나서 돈의 가치가 떨어지면 상대적으로 물가가 오르게 되지요.

금리/환율

金(쇠 금) 利(이로울 리/이)
換(바꿀 환) 率(헤아릴 률/율)

은행에 돈을 저축해 두면 이자가 생기지요? 이자는 은행이 돈을 빌려 쓴 대가로 지불하는 돈이에요. 반대로 내가 은행에 돈을 빌렸다면 빌린 돈에 대한 이자를 지불해야 돼요. 이렇게 예금이나 빌려준 돈 등에 붙는 이자의 비율을 **금리**라고 해요. **환율**은 자기 나라의 돈을 다른 나라의 돈으로 바꿀(바꿀 환, 換) 때의 비율(헤아릴 률/율, 率)을 뜻해요. 같은 말로 '외국환 시세'라고 해요.

경상 수지

經(지날/글 경) 常(항상 상)
收(거둘 수) 支(지탱할 지)

거두어들인 돈이나 물품을 '수입'이라고 해요. 반면 생활하면서 쓰는 돈은 '지출'이라고 하지요. 이 수입과 지출을 합쳐서 '수지'라고 해요. 가정에 수입과 지출이 있듯이 기업이나 정부도 벌어들인 돈과 쓴 돈이 있겠지요? 한 국가의 구성원들이 국제적인 거래를 통해 벌어들인 수입과 나간 지출 등을 합쳐서 **경상 수지**라고 해요.

날말상식 특

'보릿고개'라는 말을 들어 본 적이 있나요? 보릿고개란 원래 겨울에서 봄으로 넘어가는 시기예요. 이때는 작년에 추수한 곡식은 다 떨어지고 보리는 아직 익지 않아서 먹을 것이 없지요. 사람들은 풀뿌리나 나무껍질을 먹으며 배고픔을 달랬어요. 그래서 경제적으로 아주 힘든 때를 보릿고개라고 해요.

1 신문 기사를 읽고, ( )에 알맞은 낱말을 찾아 번호를 써 보세요.

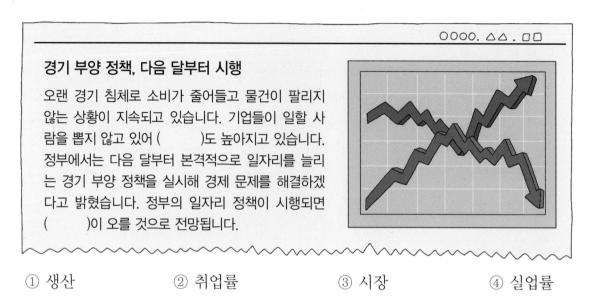

경기 부양 정책, 다음 달부터 시행

오랜 경기 침체로 소비가 줄어들고 물건이 팔리지 않는 상황이 지속되고 있습니다. 기업들이 일할 사람을 뽑지 않고 있어 ( )도 높아지고 있습니다. 정부에서는 다음 달부터 본격적으로 일자리를 늘리는 경기 부양 정책을 실시해 경제 문제를 해결하겠다고 밝혔습니다. 정부의 일자리 정책이 시행되면 ( )이 오를 것으로 전망됩니다.

① 생산　　　② 취업률　　　③ 시장　　　④ 실업률

2 각 낱말의 뜻을 찾아 선으로 이어 보세요.

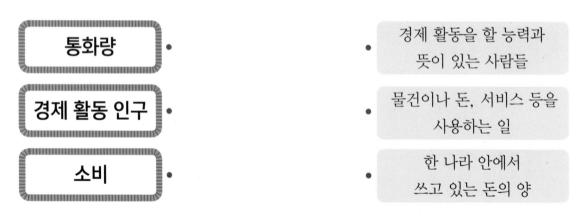

통화량	•	•	경제 활동을 할 능력과 뜻이 있는 사람들
경제 활동 인구	•	•	물건이나 돈, 서비스 등을 사용하는 일
소비	•	•	한 나라 안에서 쓰고 있는 돈의 양

3 속뜻짐작 글을 읽고, 빈칸에 들어갈 낱말을 찾아 ○ 하세요.

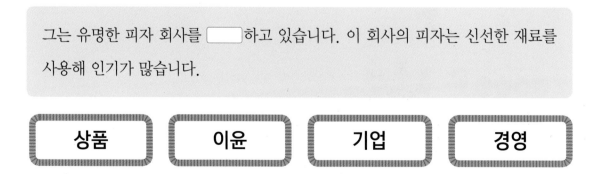

그는 유명한 피자 회사를 ⬜하고 있습니다. 이 회사의 피자는 신선한 재료를 사용해 인기가 많습니다.

상품　　　이윤　　　기업　　　경영

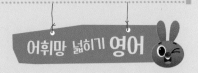

물건을 만들고, 팔고, 사는 등의 활동이 모두 경제 활동이에요.
경제와 관련된 영어 단어들을 살펴볼까요?

goods VS services

형태를 지닌 '상품'을 뜻해요.
'재화'라고도 표현해요.

물건을 운반하거나 생산이나 소비에
필요한 일을 제공하는 것을 뜻해요.

3주 5일
학습 끝!

붙임 딱지 붙여요.

increase VS decrease

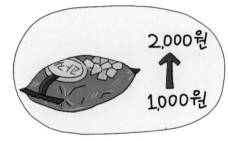

2,000원
↑
1,000원

'증가하다, 물가가 인상되다'라는 뜻이에요.

가격 할인! 4,000원
→ 3,000원

'감소하다, 가격이 떨어지다'라는 뜻이에요.

supply VS demand

상품이나 서비스를 '공급하다'라는
뜻이에요.

신제품 발매!

상품이나 서비스를 일정한 가격으로
사려고 하는 '수요'를 뜻해요.

QR 찍고 발음 듣기

터진 곳을 임시로 막는 '미봉'

미봉(두루/그칠 미 彌, 꿰맬 봉 縫): 어떤 일이나 계획이 잘못되었을 때 근본부터 바로잡지 않고 이리저리 꾸며 대어 임시로 해결하는 것을 말해요.

전하, 주나라가 진나라와 손잡고 쳐들어오고 있다고 합니다.

그럼 우리 병사가 부족하지 않느냐?

전차와 전차 사이에 보병을 세우면 어떨까요?

그러면 적은 군사로도 이길 수 있습니다.

마침내 두 나라는 크게 맞붙었어요.

와아아!

와아아

공격하라!

주

공격하라!

정나라는 전차 부대와 보병을 연결하는 전법인 '미봉'으로 전쟁에서 승리했지요.

승리했다!

우아아!

만세!

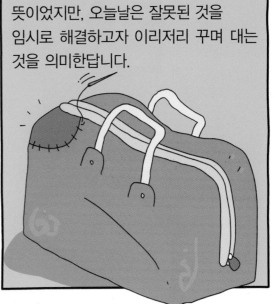

이처럼 '미봉'은 '빈 구석을 메운다.'는 뜻이었지만, 오늘날은 잘못된 것을 임시로 해결하고자 이리저리 꾸며 대는 것을 의미한답니다.

109

토잉이와 함께
끝까지 해 보자고!

PART 3

PART3에서는 소리나 뜻이 비슷해서
헷갈리기 쉬운 낱말들을 비교하며 배워요.

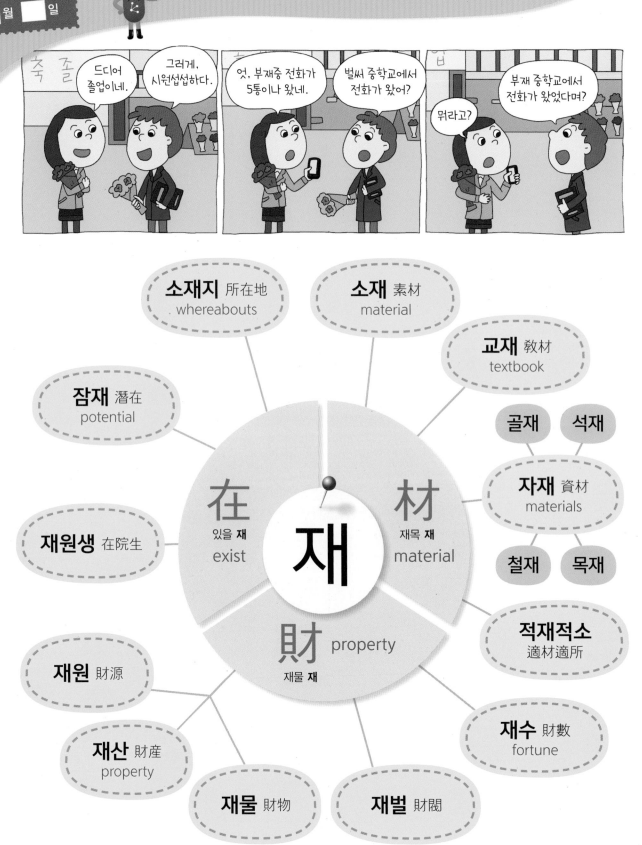

1 설명하는 낱말과 '재' 자의 의미를 함께 찾아 선으로 이어 보세요.

겉으로 드러나지 않고
속에 숨어 있는 것

예술 작품에서 작가가 생각을
표현하기 위해 쓰는 재료

알맞은 재능을 가진 사람을
알맞은 자리에 씀.

어떤 건물이나 기관 등이
자리 잡고 있는 곳

유치원, 학원 등 '원(院)' 자가
붙은 곳에 다니고 있는 사람

집, 땅, 자동차 등 자신이 가지고
있는 모든 돈과 물건

여러 개의 기업을 거느리며 거대한
자본을 가지고 있는 기업가

물건이나 집 등을 만드는 데
쓰이는 기본적인 재료

가르치거나 학습하는 데 사용되는
여러 가지 재료

재물이나 좋은 일이 생길 운수

적재적소

재원생

잠재

소재지

소재

재벌

자재

재수

교재

재산

있다
在

재물
財

재목
材

소재지 vs 소재
所(바 소) 在(있을 재) 地(땅 지)
素(흴/본디 소) 材(재목 재)

'있을 재(在)' 자가 들어간 '소재'는 어떤 곳에 있는 것을 뜻해요. 여기에 '땅 지(地)' 자를 더한 **소재지**는 어떤 건물이나 기관이 있는 곳이지요. 한편 '재목 재(材)' 자가 쓰인 **소재**는 어떤 것을 만드는 데 바탕이 되는 재료를 말해요. 주로 예술 작품의 내용이 되는 재료를 일컬어요.

재원생 vs 재원
在(있을 재) 院(집 원) 生(날 생)
財(재물 재) 源(근원 원)

유치원이나 학원처럼 '집 원(院)' 자가 붙은 곳에 등록해 배우는 사람을 **재원생**이라고 해요. 이때는 그곳에 소속되어 있다는 뜻에서 '있을 재(在)' 자가 쓰여요. 한편 '재물 재(財)' 자가 쓰인 **재원**은 돈이 나올 원천(근원 원, 原)을 뜻해요. 비슷한 뜻의 '재산'은 자신이 가지고 있는 돈이나 물건, 땅, 건물 등 경제적으로 가치가 있는 것을 가리키고, '재물'은 돈이나 값나가는 물건(물건 물, 物)을 통틀어 이르는 말이지요.

잠재
潛(잠길 잠) 在(있을 재)

잠재는 '잠길 잠(潛)' 자와 '있을 재(在)' 자가 합쳐져 겉으로 드러나지 않고 속에 잠겨 있거나 숨어 있다는 뜻이에요. 평상시에는 드러나지 않고 숨겨져 있는 능력을 '잠재 능력', 또는 '잠재력'이라고 하지요.

교재
敎(가르칠 교) 材(재목 재)

교재는 학문이나 예술, 기술 등을 가르치거나(가르칠 교, 敎) 배울 때 필요한 재료(재목 재, 材)를 말해요. 교과서나 지도, 사진 등이 있지요.

자재
資(재물 자) 材(재목 재)

자재는 무엇을 만들기 위한 기본적인 재료예요. 여러 자재 중에서 콘크리트처럼 건물의 뼈대(뼈 골, 骨)를 만드는 재료는 '골재', 돌(돌 석, 石)로 된 재료는 '석재', 쇠(쇠 철, 鐵)로 된 재료는 '철재', 나무(나무 목, 木)로 된 재료는 '목재'이지요.

적재적소
適(맞을 적) 材(재목 재)
所(바 소)

'재(材)' 자에는 '재목'이라는 뜻 외에 '인재'라는 뜻도 있어요. **적재적소**는 알맞은(맞을 적, 適) 인재를 알맞은 자리에 쓴다는 뜻으로, 능력에 맞게 일을 맡기거나 직책을 주는 것을 말해요.

재수
財(재물 재) 數(셈 수)

재수는 재물이 생기거나 좋은 일이 있을 운수를 가리키는 말이에요. 이때 '셈 수(數)' 자는 '운수'라는 뜻으로 쓰여요. '재수가 좋다.', '재수가 없다.' 등으로 쓰지요.

재벌
財(재물 재) 閥(문벌 벌)

재벌은 많은 기업을 거느리고 있어 자본과 경제적 힘이 큰 집단이나 기업가를 뜻해요. 흔히 '부자'와 같은 의미로 쓰이지요.

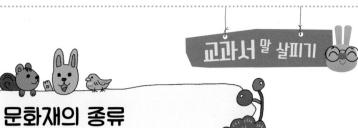

문화재의 종류

'재물 재(財)' 자가 붙은 '문화재'는 역사적, 문화적으로 가치가 높아 보호해야 할 문화유산을 뜻해요. 우리나라는 오랜 역사를 지닌 만큼 뛰어난 문화재가 많이 있어요. 문화재는 특징에 따라 몇 가지 종류로 나뉘지요. 그럼 문화재를 어떻게 나누는지 알아볼까요?

형태에 따른 문화재 분류	① 유형 문화재 건물, 책, 그림, 조각 등 형태가 있는 문화재	② 무형 문화재 연극, 음악, 무용, 공예 기술 등 일정한 형태가 없는 문화재
	③ 기념물 절터, 무덤 등 기념이 될 만한 시설물, 동식물, 자연환경 등	④ 민속자료 의복, 가구처럼 풍속이나 관습 등을 이해하는 데 필요한 중요 자료

지정 주체에 따른 문화재 분류	① 국가 지정 문화재	문화재를 관리하는 국가 기관인 문화재청의 대표자인 문화재청장이 지정한 문화재
	② 시·도 지정 문화재	시장이나 도지사가 지정한 문화재
	③ 문화재 자료	①, ②로 지정되지는 못했으나 문화재로서 가치가 있다고 판단되어 시장이나 도지사가 지정한 문화재

1 낱말에 쓰인 '재' 자의 의미에 맞게 선으로 이어 보세요.

재원생	적재적소	재수	자재	소재지	재벌

있다
(在)

재물
(財)

재목
(材)

2 밑줄 친 낱말에서 '재' 자에 담긴 뜻이 같은 문장을 2개 고르세요. (,   )

① 이번 경기에서 너의 **잠재력**을 마음껏 발휘해 보렴.

② 이 건물은 주로 **철재**를 이용하여 지어졌다.

③ **재산**이 많다고 행복한 삶을 사는 것은 아니다.

④ 다음 수업 시간에 쓸 **교재**를 준비해야 한다.

3 속뜻 짐작 대화를 읽고, 밑줄 친 낱말의 뜻을 찾아 선으로 이어 보세요.

재료가 가지는 성질

뜻밖에 재물을 얻음.
또는 그 재물

글의 소재를 고유어로 '글감'이라고 해요.
여기에서 재료라는 뜻으로 쓰이는 '~감' 자가 어떻게 활용되는지 알아보아요.

옷을 만드는 재료

'~감' 자는 옷을 만드는 재료라는 뜻으로도 쓰여요. 양복을 만드는 재료는 '양복감', 한복을 만드는 재료는 '한복감'이라고 하지요. 모든 옷을 만드는 재료를 통틀어 '옷감'이라고 해요.

한복감으로 쓰기에 좋은 비단이네.

자격을 갖춘 사람

신랑감, 신붓감, 사윗감, 며느릿감, 장군감처럼 일정한 자격을 갖춘 사람을 나타낼 때도 '감' 자를 써요.

어릴 때부터 신랑감으로 생각했대.

올 겨울을 나기에 충분한 땔감이군.

여름이라는 글감으로 어떤 글을 쓸까?

대상이 되는 도구, 사물, 사람, 재료

글감, 땔감, 장난감 등의 낱말에서 '~감' 자는 쓰임의 대상이 되는 것을 나타내요. 이때 '~감' 자는 '~거리'로 바꾸어 써도 되지요.

4주 1일
학습 끝!

붙임 딱지 붙여요.

예(禮), 예(例), 예(藝) 비교하기

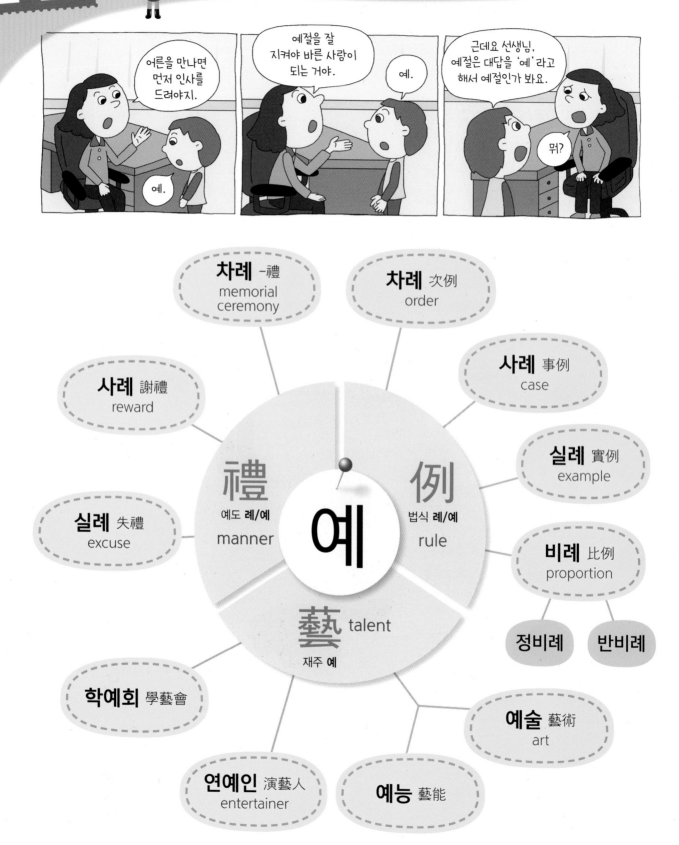

1 친구가 강아지를 잃어버렸어요. 밑줄 친 낱말이 '재주'와 관련이 있는 것만 따라가
서 강아지를 찾도록 도와주세요.

2 밑줄 친 낱말의 뜻을 찾아 선으로 이어 주세요.

실례가 안 된다면 자리를 양보해 주실 수 있을까요?	말이나 행동이 예의에서 벗어남.
거리에 **비례**해서 이동 시간도 늘어나요.	실제로 본보기가 되는 것
무엇을 설명할 때는 **실례**를 들어 설명하는 게 좋아요.	한쪽의 양이 늘어나는 만큼 다른 쪽의 양도 늘어남.

차례 vs 차례
禮(예도 례/예) 次(버금 차)
例(법식 례/예)

명절날이나 조상 생일 등의 낮에 지내는 제사를 **차례**라고 해요. 차례를 지낼 때는 조상께 정성껏 예를 갖추기 때문에 '예도 례/예(禮)' 자가 쓰여요. 한편 '법식 례/예(例)' 자가 쓰인 **차례**는 순서와 같은 말이에요. 한 차례, 두 차례처럼 어떤 일의 횟수를 셀 때도 써요.

사례 vs 사례
謝(사례할 사) 禮(예도 례/예)
事(일 사) 例(법식 례/예)

우수 사례 표창

'사례할 사(謝)' 자에 '예도 례/예(禮)' 자를 붙인 **사례**는 말이나 선물 등으로 상대에게 고마운 뜻을 나타내는 거에요. 여기에 '쇠 금(金)' 자가 더해진 '사례금'은 사례의 뜻으로 주는 돈이에요. 한편 '일 사(事)' 자와 '법식 례/예(例)' 자가 합쳐진 **사례**는 어떤 일이 이전에 실제로 일어난 예를 뜻해요. '모범 사례', '우수 사례' 등으로 쓰지요.

실례 vs 실례
失(잃을 실) 禮(예도 례/예)
實(열매 실) 例(법식 례/예)

'예도 례/예(禮)' 자가 쓰인 **실례**는 말이나 행동이 예의에 벗어나거나 그런 말이나 행동을 가리켜요. '실례합니다.'처럼 상대의 양해를 구할 때 많이 써요. 이와 달리 '법식 례/예(例)' 자가 쓰인 **실례**는 실제의 예를 뜻해요. '한글은 우리 문화의 우수성을 보여 주는 실례이다.'처럼 쓸 수 있지요.

비례
比(견줄 비) 例(법식 례/예)

비례는 한쪽의 양이나 수가 달라지면 그와 연관된 다른 쪽의 양이나 수도 그만큼 줄거나 늘어나는 것을 말해요. 비례 중에서도 두 양이 서로 같은 비율로 늘어나는 것을 '정비례'라고 해요. 반면 한쪽의 양이 커질 때 다른 쪽의 양이 그와 같은 비율로 작아지는 것을 '반비례'라고 하지요.

예술/예능
藝(재주 예) 術(재주 술)
能(능할 능)

예술은 미술이나 음악, 문학, 춤 등과 같이 다양한 방법으로 아름다움을 표현하고 창조하는 활동과 그런 활동으로 만들어진 결과물을 뜻해요. **예능**은 그런 예술과 관련된 능력을 이르는 말이지요. 연예인이 춤과 노래 등으로 즐거움을 주는 방송 프로그램을 '예능 프로그램'이라고 해요.

연예인
演(펼/멀리 흐를 연) 藝(재주 예)
人(사람 인)

'연예'는 많은 사람들 앞에서 음악이나 춤 등의 재주(재주 예, 藝)를 펼쳐(펼/멀리 흐를 연, 演) 보이는 거예요. 그런 연예 활동을 하는 배우나 가수 등을 **연예인**이라고 하지요.

학예회
學(배울 학) 藝(재주 예)
會(모일 회)

학예회는 학생들이 음악이나 무용극 등의 재주를 발표하고, 학생들의 재주가 담긴 그림이나 공예품 등의 작품을 전시하는 교육 활동이에요. '학습 발표회'라고도 하지요.

정비례와 반비례

한쪽의 양이나 수가 증가하거나 감소할 때, 다른 쪽의 양이나 수도 일정하게 변하는 관계를 '비례'라고 해요. 비례는 크게 '정비례'와 '반비례'로 나눠요.

〈같은 비율로 증가하는 정비례〉

비둘기가 1마리일 때 비둘기 다리는 2개예요. 비둘기가 2마리일 때 비둘기 다리는 4개로 2배 증가하고, 비둘기가 3마리일 때 비둘기 다리는 6개로 3배 증가해요. 이때 비둘기의 수와 비둘기 다리의 수를 각각 x, y라고 가정하면, x의 값이 2배, 3배가 될 때 y의 값도 2배, 3배로 일정하게 증가해요. 이를 'y는 x에 정비례한다.'라고 하지요.

	2배	3배	4배	5배
비둘기의 수 (x)				
비둘기 다리의 수 (y)	2배	3배	4배	5배

〈같은 비율로 감소하는 반비례〉

과일이 20개 있을 때, 사람이 1명이면 1인당 20개 먹을 수 있어요. 2명이면 10개, 4명이면 5개 먹을 수 있지요. 사람 수와 먹을 수 있는 과일의 수를 각각 x, y라고 하면, x의 값이 2배, 4배 증가할 때 y의 값은 $\frac{1}{2}$배, $\frac{1}{4}$배로 감소해요. 이를 'y는 x에 반비례한다.'라고 하지요.

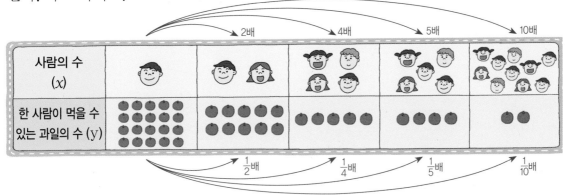

1 ( )에 들어갈 낱말을 찾아 번호를 써 보세요.

① 연예인(演藝人)　　② 사례(事例)　　③ 실례(失禮)　　④ 비례(比例)

2 ( ) 안에서 알맞은 낱말을 찾아 ○ 하세요.

① 줄을 서서 (비례 / 차례)대로 입장하세요.

② 나를 도와준 사람에게 고마움의 표시로 작은 (사례 / 학예회)를 했다.

③ 명절 아침에 (차례 / 실례)를 지내기 위해 정성스럽게 음식을 준비했다.

3 속뜻짐작 밑줄 친 낱말의 뜻을 찾아 선으로 이어 보세요.

밥 먹을 때에도 지켜야 할 식사 **예절**이 있어.	어떤 일을 할 때 지켜야 할 바른 태도
무슨 일에나 **예외**가 있기 마련이야.	규칙이나 범위에서 벗어나는 일

미술, 음악, 연기 등 연예나 예술 활동을 직업으로 삼고 있는 사람을 '연예인'이라고 해요. 연예인과 관련된 영어 단어들을 알아보아요.

art

'미술(art)' 하면 흔히 '화가'인 painter를 떠올리지만 다른 직업도 많아요. 재미있는 만화를 그리는 '만화가'인 cartoonist도 있고, 멋진 조각을 만드는 '조각가'인 sculptor도 있지요.

music

아름다운 멜로디를 만들어 내는 '작곡가'는 composer, 거기에 가사를 붙여 넣는 '작사가'는 lyric writer라고 해요.

4주 2일 학습 끝!

붙임 딱지 붙여요

entertainment

'연예인'은 entertainer라고 해요. 보통 '재미(entertainment)를 선사하는 연예인'을 말하지요. 웃긴 말과 행동으로 웃음을 주는 '코미디언'은 comedian, 뛰어난 연기력으로 시청자들을 감동시키는 '배우'는 actor라고 해요. 배우 중에서 '영화배우'는 movie actor, '드라마 배우'는 drama actor라고 하지요.

QR 찍고 발음 듣기

소리가 같은 말 구분하기

고사
考(상고할 고) 査(조사할 사)

나는 신입생 선발 **고사**에 합격했다.
수차례 **고사**한 뒤에 제안을 받아들였다.

고사는 학생의 성적이나 능력 등을 검사하여 평가하는 시험을 뜻해요. '기말고사', '수능 고사'처럼 쓰지요. 또 자세히 생각하고(상고할 고, 考) 조사하는(조사할 사, 査) 것을 뜻하기도 해서, '고사 끝에 결정한 일이다.'처럼 쓰기도 해요.

고사
故(연고 고) 事(일 사)

재미있는 **고사**를 공부했다.
고사를 인용해서 글을 썼다.

'연고 고(故)' 자와 '일 사(事)' 자가 합쳐진 **고사**는 유래를 찾을 수 있는 옛날의 일이나 관련 어구를 뜻해요. 옛이야기에 비유하여 가르침을 주는 말은 '고사성어'라고 해요. 그중 '와신상담'처럼 네 글자로 이루어진 것을 '사자성어'라고 불러요.

고사
枯(마를 고) 死(죽을 사)

가뭄이 계속되어 나무가 **고사**했다.
숲에 **고사**한 나무들이 즐비했다.

'마를 고(枯)' 자와 '죽을 사(死)' 자로 이루어진 **고사**는 식물이 말라 죽는 것을 뜻해요. 말라서 죽은 나무(나무 목, 木)는 '고사목' 혹은 '고목'이라고 하지요.

양성
兩(두 량/양) 性(성품 성)

지금은 **양성**평등 시대이다.
가부장제가 **양성**을 차별한다고?

'두 량/양(兩)'과 '성품 성(性)' 자가 합쳐진 **양성**은 남성과 여성을 함께 이르는 말이에요. 주로 '양성평등'이라는 말에 쓰이는데, 양성평등은 남성과 여성이 성에 따른 차별을 받지 않고 능력에 따라 동등한 기회와 권리를 누리는 것을 말해요. 조선 시대에는 남자는 높이고(높을 존, 尊) 여자는 낮추는(낮을 비, 卑) '남존여비' 사상 때문에 여성이 차별받는 일이 많았어요. 하지만 최근에는 여성이 사회·경제적으로 남성과 동등한 위치를 갖도록 법으로 보장하고 있지요.

양성
養(기를 양) 成(이룰 성)

이곳은 태권도 실력자를 **양성**하는 곳이다.
그는 후진 **양성**에 힘쓰고 있다.

'기를 양(養)' 자와 '이룰 성(成)' 자가 합쳐진 **양성**은 잘 가르쳐서 유능한 사람을 길러 내는 거예요. 뛰어난 사람으로 키우는 것은 '인재 양성', 전문 지식을 가르쳐 기술자를 길러 내는 곳은 '양성소'라고 해요. 또 '양성'은 역량을 길러서 발전시키는 것을 뜻하기도 해서, '실력을 양성하다.'처럼 써요.

소리가 같은 말을 잘 들어 봐!

나도 검사가 되고 싶어.

난 커서 범죄자를 혼내 주는 검사가 될 거야.

검사가 되려면 공부를 열심히 해야 해!

난 공부는 싫지만 검사는 꼭 될 거야!

앗, 일단 숙제 검사부터 통과해야 할 것 같은데.

헉!

검사
檢(검사할 검) 事(일 사)

검사, 변호사, 판사는 하는 일이 다르다.
검사는 범죄를 수사하는 사람이야.

'검사할 검(檢)' 자에 '일 사(事)' 자를 쓰는 검사는 범죄를 수사하고 재판 과정에서 그 죄를 입증하기 위해 노력하는 사람이에요. 검사가 하는 일은 다양해요. 범죄를 저질렀을 것으로 의심되는 사람을 '피의자'라고 하는데, 검사는 피의자를 조사해서 재판을 받게 할지, 아니면 무죄로 풀어 줄지 결정해요. 재판을 하게 되면 검사는 피고인(재판을 받는 사람)을 변론하는 변호사와 논쟁을 벌여요. 판사는 이 논쟁의 옳고 그름을 따져 법에 따라 판결을 내리지요.

검사
檢(검사할 검) 査(조사할 사)

안과에 가서 시력 검사를 했다.
제품 검사를 실시해 불량품을 골라냈다.

'검사할 검(檢)' 자에 '조사할 사(査)' 자가 쓰인 검사는 어떤 사실이나 일을 정해진 기준에 따라 살펴서 옳고 그름이나 낫고 못함 등을 판단하는 일이에요. 숙제를 제대로 했는지 살피는 것은 '숙제 검사', 눈으로 얼마나 잘 볼 수 있는지 살피는 것은 '시력 검사'라고 하지요. 이 외에도 자신이 잘할 수 있는 일을 알아보는 '적성 검사', 완성된 제품에 문제가 있는지 알아보는 '제품 검사' 등 다양한 검사가 있어요.

기상
氣(기운 기) 象(코끼리 상)

기상 이변으로 지구가 몸살을 앓고 있다.
봄에는 기상이 너무 변덕스럽다.

'기운 기(氣)' 자와 '코끼리 상(象)' 자가 합쳐진 기상은 비, 눈, 바람, 구름, 더위, 추위 등 지구를 둘러싼 공기 중에서 일어나는 모든 현상을 의미해요. 고유어 '날씨'와 같은 뜻이에요. 날씨가 궁금할 때 뉴스를 찾아보지요? 뉴스에서 날씨를 예측해 알려 주는 것을 '기상 예보'라고 해요. 그런 기상 정보를 제공하는 곳은 '기상청'으로, 전국 곳곳에 기상대를 두어 날씨를 관찰하고 앞으로의 날씨를 예측해서 알려 줘요.

기상
起(일어날 기) 床(평상 상)

우리 가족의 기상 시간은 오전 7시야.
아침에 기상하는 게 너무 힘들어.

'일어날 기(起)' 자에 '평상 상(床)' 자를 더한 기상은 잠자리에서 일어나는 것을 의미해요. '상(床)' 자는 밥상, 책상 등을 의미하기도 하지만, 잠을 자는 침상의 뜻도 있지요. 아침에 일어나는 시간을 '기상 시간'이라고 해요. 비슷한말로 '기침'이 있는데, 윗사람이 잠자리에서 일어나는 것을 뜻해요. 상대어로는 잠자리에 들어 잠을 자는 '취침'이 있어요.

1 밑줄 친 '고사'의 뜻을 찾아 빈칸에 번호를 써 보세요.

이번 **고사**는 나에게 정말 중요해.

고사 속에는 지혜와 교훈이 담겨 있어.

까마귀와

이런! 엄마가 아끼는 식물이 **고사**해 버렸네.

① **고사(考査)**: 학력을 알아보기 위해 보는 시험. 또는 자세히 생각하고 조사함.

② **고사(故事)**: 유래가 있는 옛날의 일

③ **고사(枯死)**: 나무나 풀 같은 식물이 말라 죽음.

2 글을 읽고 '남성과 여성'을 나타내는 '양성'에는 ○, '실력이나 힘을 기르는 것'을 뜻하는 '양성'에는 □ 하세요.

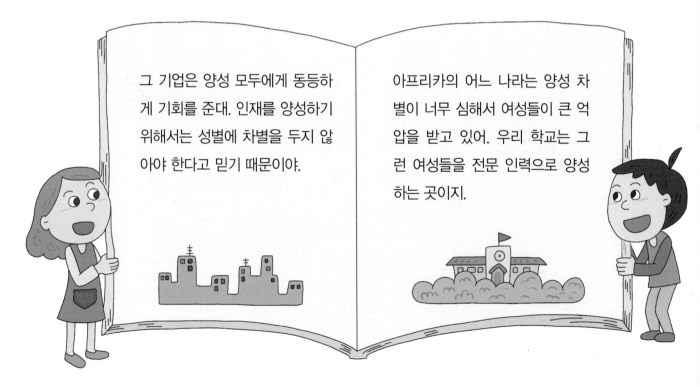

그 기업은 양성 모두에게 동등하게 기회를 준대. 인재를 양성하기 위해서는 성별에 차별을 두지 않아야 한다고 믿기 때문이야.

아프리카의 어느 나라는 양성 차별이 너무 심해서 여성들이 큰 억압을 받고 있어. 우리 학교는 그런 여성들을 전문 인력으로 양성하는 곳이지.

3 밑줄 친 '검사'의 뜻이 다른 하나를 골라 보세요. (   )

① 재판정에서 **검사**가 피고인을 일으켜 세웠다.

② 숙제 **검사**를 받아야 하는데, 공책을 집에 두고 왔다.

③ 동생이 안과에 가서 시력 **검사**를 했다.

④ 아버지가 하시는 일은 공장에서 제품을 **검사**하는 일이다.

4 '기상'이 같은 의미로 사용된 문장끼리 선으로 이어 보세요.

오늘은 **기상**청으로
견학을 가는 날이다.

·   ·

일찍 **기상**하기 위해서는
일찍 자는 습관을 들여야 해.

우리 집은 주말에도
기상 시간이 일정하다.

·   ·

세계 여러 나라가 **기상**
이변으로 피해를 입고 있어.

4주 3일
학습 끝!

붙임 딱지 붙여요.

5 주어진 낱말을 활용하여 짧은 글을 지어 보세요.

고사(枯死)

양성(養成)

기상(起床)

헷갈리는 말 살피기

개발
開(열 개) 發(필 발)

신제품을 **개발**하고 있다.
우리 회사는 유전을 **개발**한다.

개발은 자원이나 땅 등을 개척하여 쓸모 있게 만드는 거예요. '유전 개발', '신도시 개발'처럼 써요. 또 '신제품 개발', '핵무기 개발'처럼 새로운 것을 연구해서 만들어 낼 때도 쓰고, '능력 개발'처럼 지식이나 재능을 더 나은 상태로 끌어올리는 것을 가리킬 때도 쓰지요.

계발
啓(열 계) 發(필 발)

숨은 재능을 **계발**해 준다.
창의력을 **계발**하는 것이 중요해요.

계발은 사람의 재능이나 생각 등을 일깨워서 발전시키는 거예요. '상상력 계발', '소질 계발', '지능 계발', '외국어 능력 계발'처럼 사람이 가진 능력과 어울려 쓰지요. 비슷한 소리와 뜻을 가진 '개발'은 '기술 개발', '경제 개발', '제품 개발', '국토 개발'처럼 넓은 범위에 두루 쓰이지만, 계발은 사람의 능력과 생각에 관계된 것에만 쓰여요.

1 '개발'과 '계발' 중에서 두 그림에 공통으로 어울리는 낱말을 써 보세요.

산업이나 경제를 발전하게 하는 것을 의미해요. **예** 산업 ○○

새로운 물건을 만들어 내는 것을 말해요. **예** 신제품 ○○

□ □

2 빈칸에 들어갈 낱말을 찾아 선으로 이어 주세요.

국토가 좁은 나라는 토지를 □하는 것이 중요한 과제이다. •

• **개발**

너의 잠재된 소질을 □하면 꿈을 이룰 수 있을 거야. •

• **계발**

3 ( ) 안에서 알맞은 낱말을 골라 ○ 하세요.

① 내일 창의력 (**계발** / **개발**) 활동이 있으니, 준비물을 잘 가져오세요.

② 이웃 마을은 온천 (**계발** / **개발**)이 한창이야.

③ 나는 신소재를 (**계발** / **개발**)하는 과학자가 될 거야.

무리
無(없을 무) 理(다스릴 리/이)

> 네가 화를 내는 것도 **무리**가 아니야.
> **무리**했더니 병이 났다.

무리는 이치(다스릴 리/이, 理)에 맞지 않거나 정도에서 지나치게 벗어난 상태를 말해요. '무리한 요구는 들어줄 수 없다.', '무리하게 힘을 주었더니 손잡이가 부러졌다.'처럼 쓰지요. 또 자기 힘에 부치는 일을 억지로 하는 것을 뜻하기도 해서 '밤을 새워 무리했더니 병이 났다.'처럼 쓰기도 해요.

물의
物(물건 물) 議(의논할 의)

> **물의**를 일으킨 연예인이 복귀했다.
> 말 한마디가 **물의**를 일으켰다.

물의는 사물(물건 물, 物)에 대해 의논한다(의논할 의, 議)는 뜻으로, 많은 사람들이 어떤 사람의 말이나 행동에 대해 이러쿵저러쿵 논의하는 거예요. 주로 '물의를 일으키다.', '물의를 빚다.'처럼 써요. 연예인이나 정치인이 방송에 나와서 '물의를 일으켜 죄송합니다.'라고 말하는 것을 본 적이 있지요? 이처럼 물의는 잘못된 말이나 행동을 해서 사과할 때 쓸 수 있어요.

1 텔레비전 화면의 자막을 읽고, 잘못 쓴 낱말을 찾아 고쳐 보세요.

(틀린 낱말)

⬇

(바른 낱말)

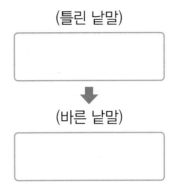

(틀린 낱말)

⬇

(바른 낱말)

2 ( ) 안에서 알맞은 낱말을 골라 ○ 하세요.

① (물의 / 무리)하게 운동해서 몸살이 났다.

② 설희가 한 행동은 학교에서 (무리 / 물의)를 빚었다.

③ 그 대회에서 우승하는 건 내 실력으로는 (물의 / 무리)다.

3 문장의 의미를 알기 쉽게 풀어서 적어 보세요.

> 그 일을 빠른 시간 안에 끝내는 것은 무리이다.

화재
火(불 화) 災(재앙 재)

> 어젯밤에 **화재**가 발생했다.
> **화재** 예방 교육을 했다.

화재는 불(불 화, 火)로 인해 생겨난 재난(재앙 재, 災)을 뜻해요. 사람의 생명을 위협하거나 재산에 많은 피해를 주는 자연 현상이나 사고를 '재난'이라고 하지요? 폭풍이나 폭염, 지진, 교통사고 등이 재난에 속해요. 여름철에 비가 많이 와서 물난리가 났을 때는 '물 수(水)' 자를 붙여 '수재'라고 하고, 지진으로 건물이 무너지는 등 난리가 났을 때는 '진동할/벼락 진(震)' 자를 써서 '진재'라고 하지요.

화제
話(말씀 화) 題(제목 제)

> **화제**를 다른 곳으로 돌렸다.
> **화제**의 인물이 떠올랐다.

화제는 '말씀 화(話)' 자와 '제목 제(題)' 자가 합쳐져 이야기의 제목, 혹은 이야깃거리를 뜻해요. 사람들 사이에 이야깃거리가 되는 것을 '화제에 오르다.', '화제로 삼다.', '화제가 되다.' 등으로 표현하지요. 이야깃거리를 바꾸는 것은 '화제를 돌리다.'라고 해요. 또 '화제의 영화', '화제의 책'처럼 낱말 앞에 화제가 붙으면, 많은 사람의 관심을 받는 것을 뜻해요. 화제는 고유어로 '이야깃거리', '말거리'라고 하지요.

1 신문 기사를 읽고, (　　　)에 들어갈 낱말을 골라 번호를 써 보세요.

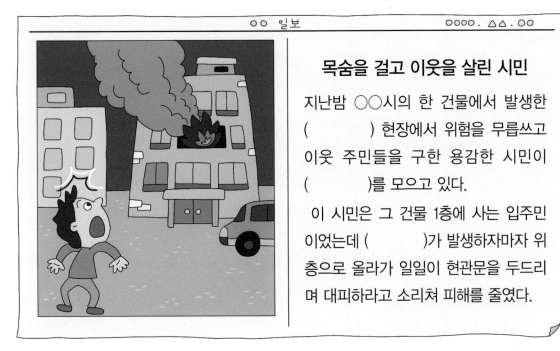

○○ 일보　　　　　　　○○○○. △△.○○

목숨을 걸고 이웃을 살린 시민

지난밤 ○○시의 한 건물에서 발생한 (　　　) 현장에서 위험을 무릅쓰고 이웃 주민들을 구한 용감한 시민이 (　　　)를 모으고 있다.

이 시민은 그 건물 1층에 사는 입주민 이었는데 (　　　)가 발생하자마자 위층으로 올라가 일일이 현관문을 두드리며 대피하라고 소리쳐 피해를 줄였다.

① 화재　　　　　　　② 화제

4주 4일
학습 끝!

붙임 딱지 붙여요.

2 밑줄 친 낱말의 뜻을 찾아 선으로 이어 보세요.

화재 발생 시에는 즉시 119에 전화를 걸어 신고합니다. •

그가 한 용감한 행동은 학교에서 큰 **화제**가 되었다. •

• 이야기의 제목 또는 이야깃거리

• 불로 인해 생겨난 재난

3 다음 밑줄 친 낱말과 바꾸어 쓸 수 있는 것은 무엇인가요? (　　　)

아이들은 오늘 온 전학생을 **화제** 삼아 떠들었다.

① 일거리　　② 먹거리　　③ 이야깃거리　　④ 읽을거리

135

앞뒤에 붙는 말 알아보기

1 ( ) 안에 알맞은 낱말을 찾아 번호를 써 보세요.

---

(1) 월드컵에서 어느 팀이 우승할지 알 수 없어. 결과는 ( )(이)야.

(2) 대학에 합격하고도 ( )해서 다닐 수 없게 되었다고?

(3) 그 가게 사장은 거두어들이지 못한 ( )을/를 받느라 고생하고 있어.

(4) 만 19세가 안 된 ( )은/는 운전면허를 딸 수 없어.

(5) 그 분야는 아직 ( ) 분야이니 네가 도전해 봐.

(6) 요리하는 것이 ( )하니 그냥 사 먹으면 안 될까?

(7) 그 소설은 ( )된 작품이라 읽어 본 사람이 없어.

---

① 미등록 ② 미지수 ③ 미수금 ④ 미발표 ⑤ 미개척 ⑥ 미숙 ⑦ 미성년자

2 밑줄 친 낱말의 뜻을 찾아 선으로 이어 보세요.

유치원에 다니는 동생은 **미취학** 어린이예요.

땅이나 건물이 팔리지 않음.

그 곡은 지금도 **미완성**으로 남아 있어요.

아직 학교에 들어가지 않음.

새로 지은 아파트는 **미분양**된 곳이 많아요.

완성되지 않음.

미성년자
未(아닐 미) 成(이룰 성)
年(해 년/연) 者(사람 자)

'미(未)~' 자는 낱말 앞에 붙어 '아직 아닌, 아직 되지 않은'의 뜻을 더해요. 만 19세 이상인 사람을 '성년'이라고 하며, **미성년자**는 성년이 되지 않은 사람, 즉 만 19세 미만인 사람이지요.

미완성
未(아닐 미) 完(완전할 완)
成(이룰 성)

완전히(완전할 완, 完) 다 이룬(이룰 성, 成) 것을 '완성'이라고 해요. 여기에 '미(未)~' 자가 더해진 **미완성**은 아직 덜 이루어진 상태를 뜻하지요. '미완성 그림', '미완성 작품' 등으로 써요.

미지수
未(아닐 미) 知(알 지) 數(셈 수)

미지수는 방정식에서 구하려는 수를 가리켜요. 예를 들어 5+□에서 알지 못하는 □ 안의 수가 미지수예요. 또 결과를 예측하기 힘든 것도 미지수라고 해요. '앞일은 미지수야.'처럼 써요.

미숙
未(아닐 미) 熟(익을 숙)

'숙(熟)' 자는 익숙한 것을 뜻해요. 여기에 '미(未)~' 자가 붙은 **미숙**은 익숙하지 않아 서투른 것이지요. 운전에 서투른 것을 '운전 미숙'이라고 해요. 상대어로 '능숙'이 있어요.

미등록
未(아닐 미) 登(오를 등)
錄(기록할 록/녹)

'등록'은 기관이나 단체에 이름을 올려(오를 등, 登) 기록(기록할 록/녹, 錄)을 남기는 거예요. **미등록**은 등록을 하지 않은(아닐 미, 未) 것이지요. '학원 미등록', '미등록 학생' 등으로 써요.

미발표
未(아닐 미) 發(필 발) 表(겉 표)

'발표'는 세상에 드러내 널리 알리는 거예요. **미발표**는 아직 발표하지 않은 것을 뜻하지요. 아직 발표하지 않은 작품은 '미발표 작품', 아직 발표하지 않은 노래는 '미발표 곡'이라고 해요.

미취학
未(아닐 미) 就(나아갈 취)
學(배울 학)

'취학'은 학교에 들어가는 거예요. **미취학**은 아직 학교에 들어가지 못한 것이지요. 우리나라에서는 만 6세부터 초등학교에 취학할 수 있는데, 그 나이가 되지 않아 학교에 들어가지 못하는 아이를 '미취학 아동'이라고 해요.

미분양
未(아닐 미) 分(나눌 분)
讓(사양할 양)

'분양'은 땅이나 건물을 여럿에게 나누어(나눌 분, 分) 파는 거예요. **미분양**은 아직 분양이 되지 않은 것, 즉 나누어 놓은 땅이나 건물 등이 아직 팔리지 않은 것을 뜻하지요. '미분양 아파트', '미분양 주택' 등으로 써요.

미개척
未(아닐 미) 開(열 개) 拓(넓힐 척)

'개척'은 거친 땅을 일구어 쓸모 있는 땅으로 만드는 거예요. 또 새 분야에 뛰어들어 길을 여는 것을 뜻하기도 해요. **미개척**은 아직 개척하지 않은 것으로, '미개척 지역', '미개척 분야' 등으로 써요.

미수금
未(아닐 미) 收(거둘 수) 金(쇠 금)

'수금'은 돈(쇠 금, 金)을 거두어들이는(걷을 수, 收) 거예요. 여기에 '미(未)~' 자가 붙은 **미수금**은 아직 거두어들이지 못한 돈을 뜻하지요.

미완성 예술 작품들

오스트리아의 작곡가 슈베르트의 〈미완성 교향곡〉은 말 그대로 완성되지 못한 교향곡이에요. 교향곡은 보통 4악장으로 이루어지는데 〈미완성 교향곡〉은 2악장밖에 없어요. 그런데 이 곡은 2악장만으로도 아주 훌륭한 음악이에요. 그래서 미완성인 채로도 많은 사람들에게 사랑을 받게 되었지요. 또 다른 미완성의 예술 작품들은 무엇이 있는지 함께 알아볼까요?

모차르트의 〈레퀴엠〉

모차르트는 1756년 오스트리아에서 태어났어요. 4세 때 피아노를 연주하고, 5세 때 작곡을 할 정도로 음악적인 재능이 뛰어났지요. 그는 한창 젊은 나이인 35세에 인생을 마감했지만, 600여 편의 뛰어난 곡을 남겼어요. 모차르트가 마지막으로 작곡한 곡은 〈레퀴엠〉이에요. '레퀴엠'은 죽은 사람을 위로하는 미사에 사용하는 음악으로, '진혼곡'이라고도 해요. 모차르트는 〈레퀴엠〉을 작곡하다가 병이 악화되어 죽음을 맞았어요. 미완성으로 남은 〈레퀴엠〉은 모차르트의 제자가 완성했지만, 사람들은 여전히 이 곡을 모차르트의 미완성곡으로 기억하지요.

프란츠 카프카의 〈성〉

1883년, 체코에서 태어난 카프카는 〈변신〉, 〈시골 의사〉 등의 작품으로 유명한 소설가예요. 그는 직장에 다니면서 글을 썼는데, 그가 생전에 출판한 작품은 몇 편에 지나지 않아요. 그는 41세의 나이로 생을 마감하면서, 친구인 막스 브로트에게 자신의 모든 원고를 불태워 달라고 했어요. 하지만 막스 브로트는 유언을 지키지 않고, 카프카가 남긴 원고들을 모아서 출간했지요. 그의 미완성 작품인 〈성〉도 그렇게 세상에 알려지게 되었어요. 그리하여 카프카는 세상을 떠난 뒤에야 천재성을 인정받아 위대한 작가로 이름을 남겼답니다.

1 다음 대화를 읽고, 빈칸에 들어갈 낱말을 찾아 ○ 하세요.

아빠, 전 언제쯤 운전할 수 있어요?

☐은/는 운전면허를 딸 수 없어. 만 19세가 돼야 가능하단다.

| 미수금 | 미성년자 | 미분양 | 미발표 |

2 밑줄 친 낱말의 '미' 자와 뜻이 다른 것을 고르세요. (   )

어떤 결과가 나올지 **미지수**야.

① 그 작가는 이 작품을 **미완성**인 채로 남겨 놓고 세상을 떠났다.

② 올해는 **미등록** 학생이 많아 추가 입학 신청을 받았다.

③ 과학 시간에 현미경으로 **미생물**을 관찰했다.

④ 김 박사는 생물학의 **미개척** 분야에서 활발하게 연구하고 있다.

3 속뜻짐작 빈칸에 알맞은 낱말을 찾아 선으로 이어 보세요.

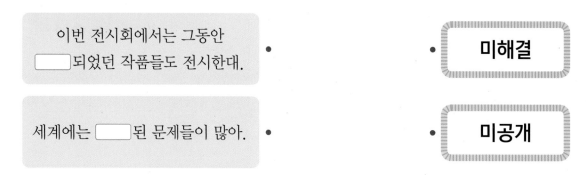

이번 전시회에서는 그동안 ☐되었던 작품들도 전시한대. •

• 미해결

세계에는 ☐된 문제들이 많아. •

• 미공개

'미(未)~' 자는 낱말 앞에 붙어서 '아직 아닌, 아직 되지 않은'이라는 뜻을 더해요.
영어에도 in-이 낱말의 앞에 붙어서 부정의 뜻을 더해요. 관련 단어를 함께 알아보아요.

completion VS incompletion

incompletion은 '미완성'이라는 뜻이에요. '완성'을 뜻하는 completion에 부정의 의미를 담은 in-이 붙어서 이루어진 낱말이지요. in-이 낱말의 앞에 붙게 되면 원래의 단어에 '아직'이라는 뜻을 더해요.

4주 5일
학습 끝!

붙임 딱지 붙여요.

correct VS incorrect

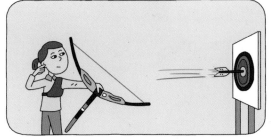

'정확한'이라는 뜻을 가진 correct에 in-이 붙으면 '부정확한'이라는 뜻이 돼요.

expensive VS inexpensive

expensive는 '값이 비싸다'라는 뜻이고, 여기에 in-이 붙으면 '저렴하다'라는 뜻이 돼요.

QR 찍고 발음 듣기

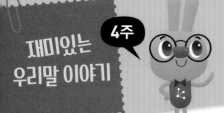

스스로 만들어 생활하는 '자급자족'

자급자족(스스로 자 自, 줄 급 給, 스스로 자 自, 발 족 足):
필요한 물자를 스스로 마련하여 살아가는 것을 말해요.

1주 13쪽 먼저 확인해 보기

1.

1주 16쪽 속뜻 짐작 능력 테스트

1.

2.

'극비'는 절대로 알려져서는 안 되는 비밀을, '적극적'은 어떤 일에 열심히 나서는 태도를 말해요.

3. ① 극성, ② 극찬
'극성'은 성질이나 행동이 몹시(다할 극, 極) 드세거나 적극적인(성할 성, 盛) 것을, '극찬'은 매우(다할 극, 極) 칭찬하는(기릴 찬, 讚) 것을 뜻하지요.

1주 19쪽 먼저 확인해 보기

1.

불	한	①당		②활
		사		빈
	③악		②창	당
③붕	당	④정	치	
		당		⑤탈
⑥합			④일	당
⑤당	쟁			

1주 22쪽 속뜻 짐작 능력 테스트

1. ①
'일당'은 하나의 무리라는 뜻이고, '불한당'은 스스로 일하지 않고 남을 괴롭히며 남의 것을 빼앗아 살아가는 무리를 가리키는 말이에요.

2.

'붕당 정치'는 같은 뜻을 가진 무리들이 모여서 하는 정치를 말해요. '당쟁'은 생각이 다른 정치 집단끼리 서로 권력을 잡기 위해 벌이는 싸움이에요.

3.
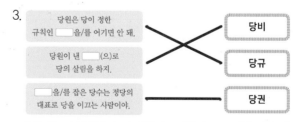

'당규'는 정당(무리 당, 黨)의 규칙(법 규, 規)을, '당비'는 정당을 운영하는 데 드는 비용(쓸 비, 費) 혹은 당원이 자신이 속한 정당에 내는 돈을 말해요. '당권'은 정당의 주도권(권세 권, 權)을 뜻하는 말이에요.

1주 25쪽 먼저 확인해 보기

1.

1주 28쪽 속뜻 짐작 능력 테스트

1. ③

2.
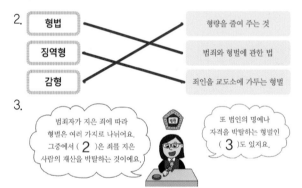

형법		형량을 줄여 주는 것
징역형		범죄와 형벌에 관한 법
감형		죄인을 교도소에 가두는 형벌

3.

범죄자가 지은 죄에 따라 형벌은 여러 가지로 나뉘어요. 그중에서 (2)은 죄를 지은 사람의 재산을 박탈하는 것이에요.

또 범인의 명예나 자격을 박탈하는 형벌인 (3)도 있지요.

'재산형'은 범죄자의 재산을 빼앗는 형벌이에요. '명예형'은 범죄자의 명예나 자격을 빼앗는 형벌이지요. 자격을 정지시키거나 상실하게 할 수 있어요.

1주 31쪽 먼저 확인해 보기

1.

문화에 대한 폭넓은 이해와 지식. 또는 사람이 갖추어야 할 예의와 품위		양성
식물을 북돋아 기름. 인격, 역량 등을 가르치고 키움.		입양
양자로 들어가거나 양자를 들이는 일		배양
실력이나 능력을 키워서 유능한 사람을 길러 냄.		교양
부처에게 바치는 쌀		공양미
생물이 살아가는 데 필요한 에너지와 몸을 구성하는 데 필요한 물질		양로원
오갈 데 없는 노인을 돌보는 시설		영양

2.

학교에서 학생의 건강과 위생에 관한 일을 맡아보는 곳을 (1)(이)라고 해요.

경치나 환경이 좋아 편안하게 쉬면서 몸을 돌보기에 알맞은 곳을 (2)(이)라고 해요.

물고기, 굴, 미역 등을 인공적으로 기르는 것을 (4)(이)라고 해요.

1주 34쪽 속뜻 짐작 능력 테스트

1. ①

2. ④

대화에서 밑줄 친 '양식'은 물고기나 해조류 등을 인공적으로 기르는 것으로, ④와 같은 낱말이에요. ①의 '양식'은 시대에 따라 독특하게 나타나는 예술의 형식을 말하고, ②의 '양식'은 먹을거리를 뜻하는 말로 지식을 자라게 만드는 것을 비유적으로 일컫지요. ③의 '양식'은 서양식의 음식을 뜻해요.

3. 수양 / (봉양) / 함양 / 자양

'봉양'은 '받들 봉(奉)' 자와 '기를 양(養)' 자를 써서 부모나 조부모와 같은 웃어른을 받들어 모시는 것을 말해요.

1주 37쪽 먼저 확인해 보기

1.

약처식	수터약	국약
식품. 의약품에 관한 일을 맡아보는 행정 기관	약효가 있는 샘물이 나는 곳	약을 조제해서 파는 곳
식 약 처	약 수 터	약 국

약화	약위장	약사
폭발물이나 불꽃놀이의 재료가 되는 화학 물질	위와 장에 탈이 났을 때 쓰는 약	죽을죄를 지었을 때 임금이 내리는 독약
화 약	위 장 약	사 약

2.

한방에서 쓰는 (4)은/는 그 역사가 아주 오래되었어.

아무리 좋은 약도 잘못 사용하면 (1)이/가 될 수 있어.

우리 주변에서 흔히 볼 수 있는 풀뿌리와 나무 이파리도 (3)이/가 될 수 있대.

(2)도 이를 닦는 데 쓰는 약이니까 약국에서 사야 할까?

145

1주 40쪽 속뜻 짐작 능력 테스트

1.
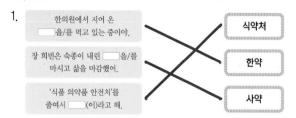

2. ①

'안약', '약사', '화약'에서 쓰인 '약' 자는 '약 약(藥)' 자예요. '노약자'는 '늙을 로/노(老)', '약할 약(弱)', '사람 자(者)' 자를 써서 늙거나 약한 사람을 뜻해요.

3.

'상비약'은 병원이나 가정에서 항상(항상 상, 常) 준비해(갖출 비, 備) 두는 약품을, '약효'는 약의 효과를 뜻해요.

2주 45쪽 먼저 확인해 보기

1.

2주 48쪽 속뜻 짐작 능력 테스트

1.
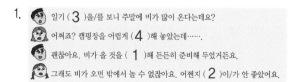

2.
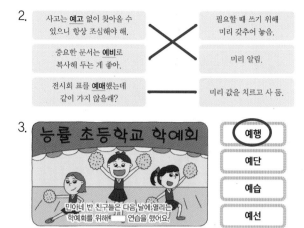

3.

'예행'은 미리(미리 예, 豫) 행하는(다닐 행, 行) 것을, '예단'은 미리 판단하는 것을, '예습'은 미리 익히는(익힐 습, 習) 것을, '예선'은 본선에 나갈 선수나 팀을 미리 가리는(가릴 선, 選) 것을 뜻해요.

2주 51쪽 먼저 확인해 보기

1.

지진처럼 갑자기 생긴 불행한 일을 [재난]이라고 해요.
[논란] ⟨재난⟩

일을 하면서 부딪치는 어려운 고비를 [난관]이라고 해요.
⟨난관⟩ [인력난]

해결하기 어려운 문제를 [난제](이)라고 해요.
⟨난제⟩ [수난]

2.

괴로움과 어려움을 아울러 이르는 말	난치병
어렵고 쉬운 정도	논란
사정이 몹시 딱하고 어려움. 또는 그런 일	난이도
고치기 어려운 병	곤란
특별한 어려움이나 탓할 것이 없음.	난민
서로 다르게 주장하며 다툼.	고난
전쟁, 홍수, 지진 등의 재난을 당해 어려움에 처한 사람	무난한

2주 54쪽 속뜻 짐작 능력 테스트

1.

여러분, 올 여름 우리 마을에 큰 홍수가 나서 극심한 (논란 / ⟨고난⟩)을 겪고 있습니다. 모두가 힘든 시간을 보내고 있지만 힘을 모아서 이 (⟨재난⟩ / 인력난)을 딛고 일어섭시다.

2. ① 난이도, ② 곤란, ③ 주차난, ④ 난치병

3. ④

'난해', '난항', '난리'는 모두 '어려울 난(難)' 자가 쓰였어요. '난해'는 풀기(풀 해, 解) 어렵거나 뜻을 이해하기 어려운 것을, '난항'은 나쁜 기상 조건으로 배(배 항, 航)나 항공기 등이 어렵게 운항하는 것을, '난리'는 전쟁이나 재난 등으로 세상이 어지러워진 상태를 뜻해요. 한편 '난방'은 '따뜻할 난(暖)' 자와 '방 방(房)' 자를 써서 실내를 따뜻하게 하는 것을 뜻해요.

2주 57쪽 먼저 확인해 보기

1. 글자 판

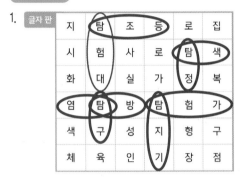

정답은 ① 탐방, ② 염탐, ③ 탐정, ④ 탐조등, ⑤ 탐험가, ⑥ 탐지기, ⑦ 탐구, ⑧ 탐색이에요.

2주 60쪽 속뜻 짐작 능력 테스트

1. ① 탐험가, ② 탐방, ③ 탐색, ④ 탐사, ⑤ 탐문

2. ②

3. (정탐) 탐침 탐어

'정탐'은 염탐과 같은 의미로 상대방이 모르게 남의 사정을 살피고 조사하는 것을 말해요. '탐침'은 지뢰 같은 것이 있는지 알아내려고 찔러 보는 기구를 말해요. '찾을 탐(探)' 자와 '바늘/침 침(針)' 자를 합친 것이지요. '탐어'는 물고기(물고기 어, 魚) 떼를 찾는(찾을 탐, 探) 것을 말해요.

2주 63쪽 먼저 확인해 보기

1.

2.

2주 66쪽 속뜻 짐작 능력 테스트

1.
우리 집엔 옛날부터 전해져 내려오는 **골동품**이 많이 있어. ━ 죽은 사람이 생전에 사용하다 남긴 물건

값비싼 옷을 입는다고 **품위**가 느껴지는 건 아니야. ━ 오래되었거나 희귀한 옛 물품

이 반지는 외할머니께서 남기신 **유품**이야. ━ 사람이 갖추어야 할 위엄이나 기품

2.
👦 그 전자 (**1**)을 드디어 샀구나?
🐰 응. 매장을 몇 군데나 돌아보고 겨우 샀어.
😮 성능은 어때?
🐰 사용해 봤는데 (**3**)이 정말 좋아.

3.

이번 계절에 새로 나온 (신상품)/ 소모품)인가 봐.

(반품 / 폐품)을 재활용해서 재미있는 장난감을 만들었어.

'신상품'은 새로(새로울 신, 新) 개발한 상품을, '폐품'은 못 쓰게 되어 버리는(폐할/버릴 폐, 廢) 물품을 뜻해요. '소모품'은 쓰는 대로 닳거나 줄어들어(줄을 모, 耗) 없어지는(사라질 소, 消) 물품을, '반품'은 사들인 뒤 되돌려 보내는(돌아올 반, 返) 물품을 뜻해요.

먼저 확인해 보기

1.

속뜻 짐작 능력 테스트

1.
① 사촌 언니는 재작년에 초등학교를 졸업했어요.
② 그분은 이혼한 뒤 재혼하기까지 10년간 혼자 지냈어요.
③ 도마뱀은 꼬리가 잘려도 재생하는 놀라운 능력이 있어요.
④ 그는 오늘 이상하게 재수가 좋다고 생각했어요.

2.
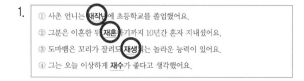

재개	다시 나타남.
재현	어떤 일이나 활동, 회의 등을 한동안 중단했다가 다시 시작함.
재수생	한 번 배웠던 학과 과정을 다시 배우는 학생

3.
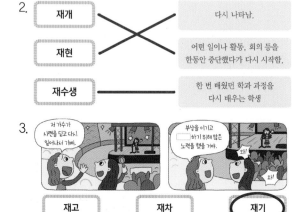

재고 　　 재차 　　 재기

'재기'는 '두 재(再)' 자와 '일어날 기(起)' 자가 합쳐진 말로, 힘을 내서 다시 일어서는 것을 뜻해요. 특히 어려움이나 아픔을 이겨 내고 일어선다는 의미를 가지고 있지요. '재고'는 어떤 문제를 다시 생각하는(상고할 고, 考) 것이고, '재차'는 두 번째(버금 차, 次)나 또 다시라는 뜻이에요.

먼저 확인해 보기

1.

속뜻 짐작 능력 테스트

1. 일희일비 　　 비분강개 　　 비관 　　 희희낙락

2.
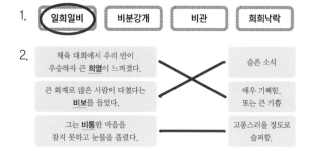

체육 대회에서 우리 반이 우승하자 큰 희열이 느껴졌다. — 매우 기뻐함. 또는 큰 기쁨

큰 화재로 많은 사람이 다쳤다는 비보를 들었다. — 슬픈 소식

그는 비통한 마음을 참지 못하고 눈물을 흘렸다. — 고통스러울 정도로 슬퍼함.

3. ③
'비교'는 두 개 이상의 사물을 견주어(견줄 비 比, 견줄 교 較) 유사점이나 차이점 등을 찾는 거예요.

먼저 확인해 보기

1.
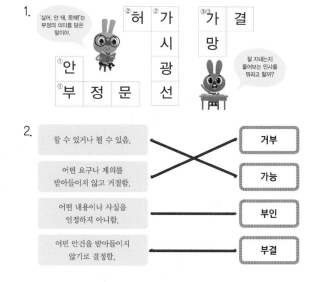

2.
할 수 있거나 될 수 있음. — 가능

어떤 요구나 제의를 받아들이지 않고 거절함. — 거부

어떤 내용이나 사실을 인정하지 아니함. — 부인

어떤 안건을 받아들이지 않기로 결정함. — 부결

3주 88쪽 속뜻 짐작 능력 테스트

1.

그 안건을 받아들이는 것으로 결정되자 의장이 (1)을/를 선포했어요.

준희는 오늘부터 다이어트를 시작하겠다며 간식을 (3) 했어요.

승민이는 할아버지가 잘 지내시는지 궁금해서 (4) 편지를 썼어요.

2. ① 부정, ② 가능, ③ 허가, ④ 가망

3.
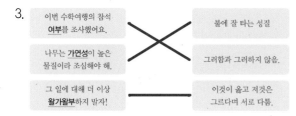

이번 수학여행의 참석 **여부**를 조사했어요. ─ 그러함과 그러하지 않음.

나무는 **가연성**이 높은 물질이라 조심해야 해. ─ 불에 잘 타는 성질

그 일에 대해 더 이상 **왈가왈부**하지 말자! ─ 이것이 옳고 저것이 그르다며 서로 다툼.

3주 91쪽 먼저 확인해 보기

1.

허(虛)
무 ─ 모든 것이 소용없게 느껴져 매우 허전하고 쓸쓸함.
구 ─ 사실이 아닌 일을 사실처럼 꾸며 만듦.
위 ─ 진실이 아닌 것을 진실처럼 보이게 함. ⑳ ○○ 광고

진 ─ 거짓이 없고 참됨.

실(實)
화 ─ 실제로 일어나 있었던 이야기
사 ─ 실제 있던 일이나 현재 있는 일
용성 ─ 실제로 쓸모가 있는 성질이나 특성

2.

그는 겉모습이 화려하지만 **실속**이 없는 사람이에요. ─ 가진 것은 부족한데도 겉모습은 화려하고 요란함.

허풍이 심한 사람의 이야기는 믿을 수 없어요. ─ 실제보다 지나치게 부풀려 믿음이 안 가는 행동이나 말

사치와 **허영**에 빠져 가진 돈을 모조리 써 버렸어요. ─ 실제 알맹이가 되는 내용

3주 94쪽 속뜻 짐작 능력 테스트

1.
🐰 〈벌거벗은 임금님〉에 나오는 재봉사들은 정말 (4)이/가 심해.
🐰 신하들은 옷이 보이지 않으면서도 (1)을/를 말하지 않았지.
🐰 임금님도 (2)에 들떠서 치장하는 것만 좋아했어.
🐰 그래도 재밌잖아. 동화책을 읽으면 (5)인 줄 알면서도 이야기에 빠져 버린다니까.

2.
그 뉴스는 **허위** 보도로 밝혀졌어요. ─ 모양에만 신경 쓰면 ☐이/가 떨어질 수 있어.

나는 옷을 살 때 **실용성**을 가장 중요하게 생각해. ─ 요즘 ☐ 광고로 소비자를 현혹하는 일이 많아.

3. ① 실학자, ② 허기, ③ 허약, ④ 결실
'허기'는 몹시 굶어서 배고픈 느낌을, '허약'은 힘이나 기운이 없고 약한(약할 약, 弱) 것을 뜻해요. '결실'은 식물이 열매를 맺는 것으로, 일의 결과가 잘 맺어졌을 때도 써요. '과실'은 먹을 수 있는 열매를 뜻해요.

3주 97쪽 먼저 확인해 보기

1.
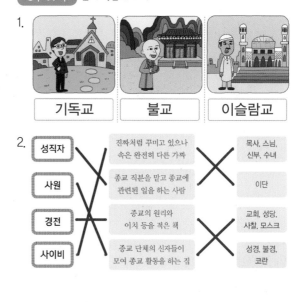

기독교 | 불교 | 이슬람교

2.
성직자 ─ 진짜처럼 꾸미고 있으나 속은 완전히 다른 가짜 ─ 목사, 스님, 신부, 수녀
사원 ─ 종교 직분을 맡고 종교에 관련된 일을 하는 사람 ─ 이단
경전 ─ 종교의 원리와 이치 등을 적은 책 ─ 교회, 성당, 사찰, 모스크
사이비 ─ 종교 단체의 신자들이 모여 종교 활동을 하는 집 ─ 성경, 불경, 코란

3주 100쪽 속뜻 짐작 능력 테스트

1. ②

2. (1) ②, (2) ③, (3) ④, (4) ①

3.
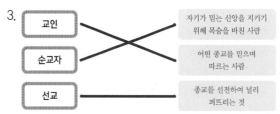

교인 ─ 자기가 믿는 신앙을 지키기 위해 목숨을 바친 사람
순교자 ─ 어떤 종교를 믿으며 따르는 사람
선교 ─ 종교를 선전하여 널리 퍼뜨리는 것

'교인'은 종교를 따르는 사람(사람 인, 人)이고, '순교자'는 신앙을 지키려고 목숨을 바친(따라 죽을 순, 殉) 사람, 선교는 종교를 널리 퍼뜨리는(베풀 선, 宣) 것이에요.

3주 103쪽 먼저 확인해 보기

1.

물건과 서비스의 평균적인 가격을 의미하는 말이에요.	물 가
물건이나 서비스를 만들어서 사고파는 등 경제와 관련된 모든 활동을 말해요.	경 제 활 동
매매나 거래가 잘되고 안되는 등 경제 활동의 형편을 나타내는 말이에요.	경 기
전체 경제 활동 인구 중 직업을 얻어 일하는 사람의 비율을 뜻해요.	취 업 률

2.
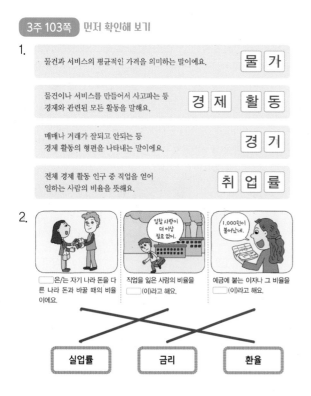

☐은/는 자기 나라 돈을 다른 나라 돈과 바꿀 때의 비율이에요.

직업을 잃은 사람의 비율을 ☐(이)라고 해요.

예금에 붙는 이자나 그 비율을 ☐(이)라고 해요.

실업률   금리   환율

3주 106쪽 속뜻 짐작 능력 테스트

1.

경기 부양 정책, 다음 달부터 시행

오랜 경기 침체로 소비가 줄어들고 물건이 팔리지 않는 상황이 지속되고 있습니다. 기업들이 일할 사람을 뽑지 않고 있어 (4)도 높아지고 있습니다. 정부에서는 다음 달부터 본격적으로 일자리를 늘리는 경기 부양 정책을 실시해 경제 문제를 해결하겠다고 밝혔습니다. 정부의 일자리 정책이 시행되면 (2)이 오를 것으로 전망됩니다.

경기 침체로 경기가 어려우면 기업들이 일할 사람을 줄여서 사람들이 직장을 잃어요. 그러면 전체 경제 활동 인구 중에 '실업률'이 늘어나지요. 이럴 때 나라에서 경기 부양을 위해 일자리를 늘리면 실업률이 줄어들고 취직한 사람의 비율인 '취업률'이 늘어나요.

2.
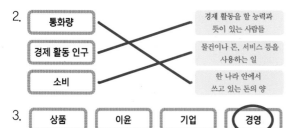

통화량	경제 활동을 할 능력과 뜻이 있는 사람들
경제 활동 인구	물건이나 돈, 서비스 등을 사용하는 일
소비	한 나라 안에서 쓰고 있는 돈의 양

3.
상품   이윤   기업   (경영)

'경영'은 기업이나 사업을 관리하고 운영하는 것을 말해요. '이윤'은 장사나 사업을 해서 남은 돈을 뜻하고,

'기업'은 이익을 얻기 위해 물건을 만들거나 파는 조직이에요.

4주 113쪽 먼저 확인해 보기

1.

겉으로 드러나지 않고 속에 숨어 있는 것	적재적소
예술 작품에서 작가의 생각을 표현하기 위해 쓰는 재료	재원생
알맞은 재능을 가진 사람을 알맞은 자리에 씀.	잠재
어떤 건물이나 기관 등이 자리 잡고 있는 곳	소재지
유치원, 학원 등 '번듯한' 자리가 붙은 곳에 다니고 있는 사람	소재
집, 땅, 자동차 등 자신이 가지고 있는 모든 돈과 물건	재벌
여러 개의 기업을 거느리며 거대한 자본을 가지고 있는 기업가	자재
물건이나 집 등을 만드는 데 쓰이는 기본적인 재료	재수
가르치거나 학습하는 데 사용되는 여러 가지 재료	교재
재앙이나 좋은 일이 생길 운수	재산

있다 在 / 재물 財 / 재목 材

4주 116쪽 속뜻 짐작 능력 테스트

1.
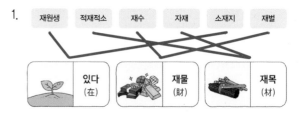

재원생   적재적소   재수   자재   소재지   재벌

있다 (在)	재물 (財)	재목 (材)

2. ②, ④

'잠재력'은 겉으로 드러나지 않고(잠길 잠, 潛) 숨어 있는(있을 재, 在) 힘(힘 력/역, 力)을 뜻해요. 철로 된 재료인 '철재'와 학문이나 기예 등을 가르치는 데 필요한 '교재'는 '재목 재(材)' 자를 쓰지요. '재산'은 '재물 재(財)' 자와 '낳을 산(産)' 자를 써서 개인이나 가정, 단체 등이 가진 재물을 뜻해요.

3.

재료가 가지는 성질	뜻밖에 재물을 얻음. 또는 그 재물

'재질'은 '재목 재(材)'와 '바탕 질(質)' 자를, '횡재'는 '가로 횡(橫)'과 '재물 재(財)' 자를 써요.

4주 119쪽 먼저 확인해 보기

1.

2.

4주 122쪽 속뜻 짐작 능력 테스트

1.

2. ① 차례, ② 사례, ③ 차례

3.

'예절'은 '예도 례/예(禮)'와 '마디 절(節)' 자를, '예외'
는 '법식 례/예(例)'와 '바깥 외(外)' 자를 써요.

4주 128쪽 속뜻 짐작 능력 테스트

1.

2.
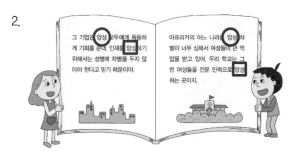

남성과 여성을 아울러 이르는 말인 '양성'은 '두 량/양
(兩)' 자와 '성품 성(性)' 자를 써요. 실력이나 역량을
길러서 발전시키는 것을 의미하는 '양성'은 '기를 양
(養)' 자에 '이룰 성(成)' 자를 합친 것이지요.

3. ①

4.

5.

고사(枯死)	예 공해로 나무가 모두 고사했다.
양성(養成)	예 그 학자는 말년에 제자 양성에 힘썼다.
기상(起床)	예 나는 매일 아침 6시에 기상한다.

'고사(枯死)'는 식물 등이 말라 죽는 것을, '양성(養成)'
은 잘 가르쳐서 유능한 사람을 길러 내는 것을, '기상
(起床)'은 잠자리에서 일어나는 것을 뜻해요.

4주 131쪽 속뜻 짐작 능력 테스트

1. 개발

2.

3. ① 계발, ② 개발, ③ 개발

4주 133쪽 속뜻 짐작 능력 테스트

1.

'무리'는 이치에 맞지 않거나 정도에서 지나치게 벗어난 것을 뜻해요. '물의'는 사람들 사이에 논의의 대상이 되는 것으로, 주로 부정적인 뜻으로 쓰여요.

2. ① 무리, ② 물의, ③ 무리

3.

> 그 일을 빠른 시간 안에 끝내는 것은 무리이다.

예 그 일을 빠른 시간 안에 끝내는 것은 힘에 부쳐서 어려울 것 같다.

4주 135쪽 속뜻 짐작 능력 테스트

1.

'화재'는 불(불 화, 火)로 인한 재난(재앙 재, 災)을, '화제'는 이야기(말씀 화, 話)의 제목(제목 제, 題) 혹은 이야깃거리를 의미해요.

2.
화재 발생 시에는 즉시 119에 전화를 걸어 신고합니다. — 불로 인해 생겨난 재난
그가 한 용감한 행동은 학교에서 큰 화제가 되었다. — 이야기의 제목 또는 이야깃거리

3. ③

4주 137쪽 먼저 확인해 보기

1. (1) 월드컵에서 어느 팀이 우승할지 알 수 없어. 결과는 (2)(이)야.
(2) 대학에 합격하고도 (1)해서 다닐 수 없게 되었다고?
(3) 그 가게 사장은 거두어들이지 못한 (3)을/를 받느라 고생하고 있어.
(4) 만 19세가 안 된 (7)은/는 운전면허를 딸 수 없어.
(5) 그 분야는 아직 (5) 분야이니 네가 도전해 봐.
(6) 요리하는 것이 (6)하니 그냥 사 먹으면 안 될까?
(7) 그 소설은 (4)된 작품이라 읽어 본 사람이 없어.

2.
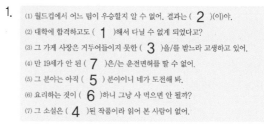

4주 140쪽 속뜻 짐작 능력 테스트

1.
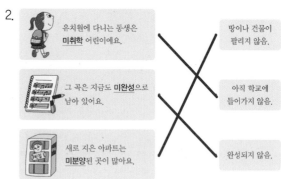

2. ③

3.
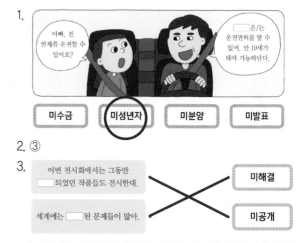

'미공개'는 공개하지 않은(아닐 미, 未) 사실이나 사물 등을, '미해결'은 아직(아닐 미, 未) 해결되지 못한 것을 뜻해요.